Sabine Kreinacke
Nacht(g)schicht
Geschichten & Gedichte

Sabine Kreinacke

Nacht(g)schicht

Geschichten & Gedichte

Bibliografische Information der Deutschen Nationalbibliothek: Die Deutsche Nationalbibliothek verzeichnet diese Publikation in der Deutschen Nationalbibliografie, detaillierte bibliografische Daten sind im Internet über http: // dnb.dnb.de abrufbar.

Herstellung und Verlag:
BoD – Books on Demand, Norderstedt
ISBN: 9783749481361

Inhaltsverzeichnis

Inhaltsverzeichnis

Inhaltsverzeichnis

Grußwort

„Ich würde auch schreiben, wenn ich Zeit hätte."

Kommt Ihnen diese Ausrede bekannt vor? Wenn ja, dann wundert mich das nicht. Sie ist nämlich ein alter Hut. Ich las kürzlich in einem Schreibratgeber von 1920 (!) etwas darüber. So viel hat sich in den letzten hundert Jahren also gar nicht geändert.

Sabine Kreinacke hat sich nicht mit solchen Ausflüchten zufrieden gegeben, sondern zur Feder gegriffen oder in die Tastatur gehauen. Während meiner vielen Jahre als Profi-Autor und VHS-Dozent habe ich viele Interessenten kommen und gehen sehen, doch diese Schriftstellerin ist am Ball geblieben.

Die vorliegende Sammlung besteht aus allerlei Kurzprosa und Geschichten – amüsant oder nachdenklich, humorvoll oder skurril, und stets lesenswert.

Ich wünsche Ihnen viel Vergnügen mit den Texten von Sabine Kreinacke, die sich die Zeit zum Schreiben genommen hat.

Martin Barkawitz
www.autor-martin-barkawitz.de

Hallo, liebe(r) Leser(in),

ich will Sie nicht mit einem langen Vorwort quälen, möchte Ihnen aber kurz etwas mitteilen und zwar:

Ich freue mich,

... dass Sie meine Erstveröffentlichung in den Händen halten, in der ich über 60 Kurz- und Kürzest-Geschichten und Gedichte zusammengestellt habe.

Die Texte sind lustig, skurril, wahr oder fiktiv, machen nachdenklich oder sind aufmunternd oder ver-spiel-t. Auf jeden Fall aber unterhaltsam.

... wenn Sie es mir nachsehen, dass ich in der Geschichte *Mensch ärgere dich nicht* einige Artikel innerhalb eines Satzes großgeschrieben habe.

Spielefreaks haben es sicherlich schon erkannt, dass alle kursiv geschriebenen Wörter identisch sind mit Spieletiteln.

... wenn Ihnen als Osnabrücker oder Nicht-Osnabrücker die Geschichte *Rollentausch* gefällt.

Damit Sie gleich erkennen, was typisch osnabrückisch ist, werden diese Begriffe hervorgehoben.

... wenn Sie genauso viel Spaß beim Lesen meiner Geschichten und Gedichte haben, wie ich beim Schreiben hatte.

... wenn Sie mir Ihr Feedback zu meinem Buch *Nacht(g)schicht* geben unter sabine.kreinacke@gmx.de

Dies & Das

Die Dame an seiner Seite

Es lebte einmal eine Dame von schlanker Statur in einem genau abgegrenzten Gebiet.

Sie lebte dort aber nicht allein. Nein, ihr Gemahl und 14 Untertanen lebten dort auch mit ihr. Sie fühlte sich wohl.

Nicht sie war das schwache Geschlecht, sondern ihr Herr.

Sie war stark, er war schwach.

In ihrem Auftreten war sie sehr wendig.

Und sie war vielseitig engagiert.

Die ihr übertragenen Aufgaben erledigte sie immer kompetent und konsequent.

Sie stand ihrem Herrn immer bei und half ihm, wo sie konnte.

Doch eines Tages konnte ihn seine Dame nicht mehr schützen.

Die Gegner waren übermächtig. Er war schachmatt.

Eine 100-Wort-Geschichte

Fleck weg!

Alexandra, Alexandre,
schrieb nachts an ihre Freunde,
nachts um zwei, als alles schlief,
an „Mutti de" diesen Brief:

Leute, ich brauch' euren Rat,
hab' Klamotten von Prädikat.
Doch wie entfernt man Blutstropfen?
Ich hab' schon großes Herzklopfen!
Auch ölige Mayonnaise,
die ist hartnäckig wie Käse!
Helft mir, was soll ich machen?
Werden Sie mich auslachen?
Die Flecken wollen nicht weichen,
Fragezeichen.

Frei nach Hans Manz „Katharina, Katharine schrieb auf der Schreibma-schine..."

Haiku

Katze im Garten.
Pfoten nach oben gestreckt.
Schöne Entspannung.

Wind weht durch Bäume.
Blätterrauschen wunderbar.
Glücksgefühl kommt auf.

Geschmackssache

Über Geschmack lässt sich bekanntlich nicht streiten.
Geschmack ist relativ.
Der Eine mag dieses oder jenes, der Andere etwas
ganz anderes.
Mein früherer Freund sagte einmal zu mir:
„Gefallen macht schön!" und blickte mich dabei an.
Also Geschmack ist subjektiv.
Jeder Mensch hat seinen eigenen Geschmack.
Jeder Mensch ist ja auch einzigartig.

Geld und Gut

Die Staffelung von Euro und Cent,
bilden das Münzen-Fundament.
Das da kommt in seiner Vielfalt,
aus der Münzprägeanstalt.

Sechs gestaffelte Centstücke,
bilden den Grundbau der Brücke.
Und daran hängen, wie an einer Leine,
neun Eurostücke und –scheine.

Geld als Zahlungsmittel – Euros,
sie zu haben ist famos.
Besser ist's und das ist nicht neu,
es wäre schön, man hätt's wie Heu.

So kommen mir dann auch zu Beginn,
ganz viele Sprichwörter in den Sinn:
Geld kann hängen, gehen, lachen,
ander'n eine Freude machen.

Es kann auch in kurzer Zeit, binnen,
zwischen den Fingern zerrinnen.
Es ist mir ein großes Anliegen,
lasst es nicht auf der Straße liegen.

Bewahrt euer Geld und Gut,
schützt euch damit vor Armut!
Denn wer den Cent nicht ehrt,
ist des Geldes nicht wert!

Der/Die/Das Fremde

Der Fremde ist jemand, den ich nicht kenne.

Die Fremde ist die weibliche Fremde oder ein Ort, der mir fremd ist.

Das Fremde ist allgemein, das was mir fremd ist.

Ist mir etwas fremd, kann ich diesen Zustand ändern, wenn ich es möchte.

Diese Änderung kann bewirken,

…   dass ich ängstlich bin oder werde, weil ich nicht weiß, was mich erwartet.

…   dass ich mehr oder weniger zurückhaltend bin oder bleibe.

…   dass ich abwartend bin, weil ich nicht weiß, was geschehen wird.

…   dass ich mich freue, dass ich Neues kennenlerne.

…   dass ich glücklich bin, wenn ich das Fremde näher betrachte und für gut befinde.

…   dass ich erwartungsvoll bin, was auf mich zukommt?

Lass ich aber das Fremde zu, profitiere ich davon!

Denn ich habe meine Angst überwunden, neue Menschen kennen gelernt, neue Freundschaften geschlossen, meinen Horizont erweitert.

Vertraute

Keuchend lag er neben ihm. Alex dachte an das Ereignis, das sie beide gerade durchlebt hatten. Er keuchte zwar nicht, aber Schweiß rann ihm über den ganzen Körper. Alex streckte seine Hand aus und strich ihm über den bebenden Körper.

Liebevoll glitt seine Hand über seinen Kopf, den Ohren, den Schultern, den Schenkeln abwärts bis zu den Zehen.

Zentimeter um Zentimeter ertastete Alex den Körper seines Freundes. Nichts entging seinem Tastsinn.

Er packte seinem Freund zwischen die Beine und entdeckte die Narbe mit der er schon seit seiner Kindheit lebte.

Seine Hand strich wieder hinauf zu seiner Stirn, die Alex jetzt liebevoll küsste und seinem Freund ins Ohr flüsterte: „Ich liebe dich, mein guter Freund! Schön, dass du da warst, Bruno!"

Dabei streichelte er seinen Hund weiterhin liebevoll, bis zu seinem letzten Atemzug. Der Fahrer war längst über alle Berge.

Träumerische Eingebung

Am Donnerstag ist schon wieder der Schreibwerkstatt-Kurs der Volkshochschule. Langsam wird es Zeit eine Geschichte zum Thema „Traum/Träume" aufzuschreiben. Gabi, unsere Kursleiterin, hat uns frei gestellt, was wir daraus machen. Aber eine Idee muss erst einmal geboren werden, bevor ich mit dem Schreiben beginnen kann. Vielleicht sollte ich mich an eine Fantasiegeschichte wagen, denke ich manches Mal, aber eine Idee, wie die Geschichte dann aussehen könnte, brauche ich dafür auch.

Sonntagnachmittag führe ich ein Gespräch mit Anne, meiner Schreibkollegin, über unsere Hausaufgabe. Auch sie hat noch keine Idee verwirklicht. Na ja, kommt mir in den Sinn, ich krieg' das noch irgendwie hin.

Abends im Bett schlafe ich zum Glück wie meistens schnell ein. Und man sagt ja, dass man im Traum Tageserlebnisse verarbeitet und nach Lösungen sucht. So wird es vermutlich auch bei mir gewesen sein. Plötzlich träume ich von dem Lied der Comedian Harmonists: „Ich wollt' ich wär ein Huhn, ich hätt' nicht viel zu tun, ich legte täglich nur ein Ei und sonntags hätt' ich frei..." – ‚äh, ...oder heißt es sonntags auch mal zwei, ich weiß das gar nicht so genau', denke ich im Traum noch bei mir. Aber das ist auch nicht so wichtig. Denn mir kommt in diesem Moment in den Sinn, dass ich das Lied doch umschreiben kann. Ich überlege im Traum, welches Tier anstelle des Huhns ich nehmen kann. Schnell komme ich auf den Hund, auf den sich vieles reimt. Im Traum dichte ich. Plötzlich werde ich wach, da mein Mann, Stefan, aufsteht. „Ich kann nicht einschlafen, ich mache mir einen Tee", sagt er zu mir.

Mir kommt das Gedicht wieder in den Sinn. Ich spreche es in Gedanken vor mich hin – immer wieder und wieder. ‚Hoffentlich weiß ich es morgen früh noch', denke ich. ‚Schade, dass ich kein Papier hier am Bett habe. Dann muss ich ja doch wohl eben aufstehen, sonst erinnere ich mich morgen nicht mehr daran.' Langsam stehe ich auf, nehme die Taschenlampe und gehe in die Küche. Ohne das Licht anzuknipsen, hole ich aus der zweiten Schublade Papier und Stift und schreibe meine Gedanken auf: *Es träumt mir, ich wär' ein Hund*, beginne ich. Nachdem ich die Zeilen meines Gedichtes aufgeschrieben habe, gehe ich ins Wohnzimmer, wo mein Mann Fernsehen guckt. „Ich möchte jetzt wieder schlafen", sage ich zu ihm, „kommst du jetzt auch mit?"

Schnell schlafe ich wieder ein und mein Traum geht weiter. Alles fügt sich zusammen, Reim um Reim. Ich spreche mir im Traum immer wieder und wieder den Anfang, die Mitte und den Schluss vor. Bis auf eine Stelle passt alles ineinander. Aber so kommt mir in den Sinn, die Stelle krieg' ich auch noch hin.

Als ich wach werde, hole ich mir sofort den Zettel, auf dem ich den ersten Teil des Gedichts geschrieben habe, füge den zweiten Teil dann hinzu und lese am Frühstückstisch, morgens um 6 Uhr, meinem Mann meine träumerische Eingebung vor:

Es träumte mir,
ich wär' ein Hund,
schwanzwedelnd und kugelrund,
der an sich liebt jedes Pfund,
ist denn das gesund?
Der maunzte, miaute und bellt,
wie verrückt ist diese Welt?
Oder?........ Bin ich doch?.....
Ich merkte, was ich kann noch,
fiepen, zischeln, brüllen, kreischen,
grunzen und wie die Affen keifen,
mir wird klar und das ist wahr,
ich bin wohl ein „Stimmennachama".

Durch alle Jahreszeiten

Startschuss Weihnachten

Im September kaufen Kenner,
wenn's noch warm und hell das Licht,
erste Schoko-Weihnachtsmänner,
sind wir wirklich noch ganz dicht?

Im Oktober in den Läden,
erste Bäume stehen da,
silber, gold geschmückt an Fäden,
langsam wird es Zeit, o ja!

Dann startet die Weihnachtsmusik,
es schallt aus den Lautsprechern leise,
zeugt das von Kundenpolitik?
Vielleicht – möglicherweise!

Im November strahlt dann das Licht,
von tausend Lichterketten;
wohlig-warm, ein neues Gesicht,
umströmt uns, woll'n wir wetten?

Im Dezember freu'n die Lieder,
stimmen auf das Feste ein;
Weihnachten kommt immer wieder,
lass es in dein Herz hinein!

Ein süßer Typ

Sie traf ihn zum ersten Mal im Supermarkt.

Er stand an der Kasse und lachte sie an.

Es war Liebe auf den ersten Blick.

Er war groß und kräftig.

Er war klassisch gekleidet und hatte einen gütigen Gesichtsausdruck.

Sie begehrte ihn von Anfang an.

Er war einfach ein süßer Typ.

Beim Tante-Emma-Laden um die Ecke traf sie ihn dann wieder.

Er hatte sich verändert, sah schlecht aus.

Er wirkte kleiner und in sich zusammengesunken.

Seine Kleidung war etwas zerknittert.

Er schmolz in ihren Händen dahin, als sie nach ihm griff.

Der Schoko-Nikolaus hatte in der Mittagssonne seine standhaften Beine verloren.

Eine 100-Wort-Geschichte

Lillis Sorgen

„Lilli, was ist los, warum weinst du?", fragt der Erzengel Gabriel das junge Engelchen namens Lilli. Schluchzend berichtet Lilli von ihren Sorgen.

„Ich..., ich..., ich habe große Angst, dass ich bald nicht mehr fliegen kann", stammelt Lilli. „Wie kommst du denn nur darauf, kleine Lilli?", fragt sie der Erzengel. Weinend antwortet Lilli: „Mir gehen schon seit ein paar Tagen die Federn aus und wenn das so weitergeht, habe ich bald keine mehr und dann kann ich auch nicht mehr fliegen!"

„Sei ganz ruhig, Lilli, du brauchst keine Angst zu haben, du verlierst nicht alle Federn, nur ein paar und warum sie dir ausgehen, dass erzähle ich dir jetzt."

Und dann erklärt der Erzengel Gabriel: „Lilli, du musst dir vorstellen, dass ist bei dir so wie bei den Vögeln, die verlieren manchmal auch ein paar Federn und zwar deshalb, weil sie ihr Federkleid wechseln. Dieser Wechsel geschieht zum Sommer und zum Winter und er nennt sich Mauser. Und auch andere Tiere, zum Beispiel die Katzen, bekommen ein Sommer- und ein Winterfell."

„Und du, liebe Lilli, kommst jetzt auch in die Mauser. Aber im Gegensatz zu den Tieren bekommst du kein Winter- oder Sommerkleid, sondern du wechselst nur einmal dein Federkleid und behältst es dann für immer. Mit diesem einmaligen Federkleidwechsel wirst du erwachsen. Du wirst jetzt noch ein paar Tage einige Federn verlieren, die wachsen dann aber schnell wieder nach und spätestens bis Weihnachten sind alle nachgewachsen. Dann gehörst du nicht mehr zu den kleinen Engelchen, sondern bist ein ausgewachsener Engel und darfst im Chor an meiner Seite singen und allen Menschen die frohe Botschaft von der Geburt des Jesuskindes überbringen."

Glücklich umarmt Lilli den Erzengel Gabriel und schreit ihm aufgeregt ins Ohr: „Das ist ja super, dass ich mit dir und dem himmlischen Chor singen darf!" „Danke", ruft Lilli, „dass du mir zugehört hast und mir erklärt hast, warum mir die Federn ausgehen. Aber das mit der Mauser bei den Menschen verstehe ich trotzdem nicht", sagt Lilli.

„Einerseits sind sie nicht in der Mauser, weil sie kein Federkleid haben, sondern Kleidung tragen, aber andererseits sind sie schon in der Mauser, weil sie ihr Haarkleid wechseln", resümiert Lilli.
„Und dann gibt es auch noch welche, die oben nackig sind oder die nur ein spärliches Haarkleid bekommen. Wie ist es denn bei diesen Menschen, da scheint die Mauser doch nicht richtig zu klappen, oder?", fragt Lilli.

„Nun", antwortet der Erzengel Gabriel lachend, „die Geschichte von der Mauser bei den Menschen, die erzähle ich dir morgen."

Rollentausch

Es herrscht ausgelassene Stimmung beim diesjährigen Betriebsfest der Himmelslogistik. Alle Himmelswesen sind gekommen und feiern das Ende der Saison.

Alle sind schon ganz schön **angedüdelt,** als dem Osterhasen die Idee kommt, wie es wäre, wenn er mit dem Weihnachtsmann mal die Tour tauschen würde. Wenn er mal zu Weihnachten die Kinderaugen zum Leuchten bringen könnte.

Der Osterhase bespricht diese Idee mit dem Weihnachtsmann, der sofort aus dem Häuschen ist:

„Ich kann meinen Beruf **echt gut leidn,** aber das ständige Hin und Her und Rauf und Runter, – **näh!** – das schafft mich schon und das in meinem Alter – mit meiner Arthrose. Bin halt nich mehr der Jüngste. **Ich wär' echt vonne Sockn,** wenn ich auch mal die Frühlingssonne spüren könnte." „Los, lass es uns **machn!**", ruft der Weihnachtsmann begeistert.

Ein ereignisreiches Jahr ist vorüber. Zeit mal wieder **auffe Pauke zu haun.** Wieder findet das Betriebsfest statt und dieses Mal haben es alle Wesen schon herbeigesehnt. Wollen sie doch wissen, wie es dem Weihnachtsmann und dem Osterhasen bei ihrem Rollentausch ergangen ist. Beide haben viel erlebt, als Weihnachtshase und Ostermann.

„Los, nun kommt schon **inne Pötte**, wir wollen **hiörn**, was ihr erlebt habt", ruft einer aus der Menge.

Es beginnt der Osterhase, der letztes Jahr die Weihnachtsgeschenke verteilte:

„**Alle Mann herhörn!** Ihr könnt euch nich vorstellen, was mir passiert ist. Es war **fürchterbar.** Zunächst passten mir die Klamotten vom Weihnachtsmann nich. Na ja, bei meiner Figur... – bin **nich verwundert**".

Dabei dreht und wendet sich der Hase „... also meiner Figur", wiederholt er sich und zeigt allen seine schmale Taille. „Also ..., also ich bin ja, ... wie ihr wisst ... sehr geschickt und gelenkig. Aber das mit der Weihnachtshose war schon schwierig. Ich hatte schon ein paar Möhren mehr auf die Waage gebracht, aber dennoch rutschte die Hose mir immer über die Hüften, **wasn Elend**. Aber, aber... ihr kennt mich ja..., ich bin ja auch pfiffig. Da habe ich mir den Gürtel geschnappt und ihn ein paar Mal um meinen Körper **drumherum** gespannt. So saß die Hose **obenrum** schon ganz gut. Aber die Hosenbeine waren schon sehr lang, genau wie der Weihnachtsmantel. Da hab ich mir gedacht, ... was machste – sind ja nich deine Klamotten, also so einfach abschneiden – geht ja nich. Aber... aber ich bin ja schlau ..., mir macht ja so schnell keiner was vor.

Das wird euch **ausse Puschn haun**, was ich mir gedacht habe. Äh, ...**na, ...äh Dingens eben... nun sach schon**, ähhh... Sicherheitsnadeln. Ja, Sicherheitsnadeln, das müsste gehn'. War auch zunächst nich schlecht, aber nachher war's 'ne Qual. Dauernd ging die eine oder andere Nadel auf und zerpiekste mein Bein."

„**Kär, kär, kär**, was du erlebt hast, da kann man echt **vonne Sockn** sein", wirft ein Umstehender ein.

„Und dann erst die Weihnachtsmütze", erzählt der Hase weiter. „Da sieht man erst, was für'n dicken Dez der Weihnachtsmann hat. Die war viel zu groß. Die ging **unten inne Breite**. Die hab ich dann mit Watte ausgepolstert.

Aber das war auch schwierig,... ihr kennt ja meine Löffel, die musste ich ja darunter verstecken. Und da ich meine Ohren überhaupt nich bewegen durfte, weil ich sonst die Weihnachtsmütze verloren hätte, musste ich meine Ohren regungslos darunter lassen. Das tat ihnen manchmal nich so gut. Häufig war eines der Ohren eingeschlafen.

Und dann kam das **Gelämma**, ihr wisst ja auch, wenn bei euch Gliedmaßen einschlafen, dann fangen sie an zu kribbeln. So ist es auch bei mir. Damit das Ohr wieder wach wurde, musste ich es bewegen und schwupps, damit war es wieder außerhalb der Mütze. Also ich war ständig damit beschäftigt, meine Ohren zu verstecken."

„Und es geht noch weiter mit dem **Gelämma**. Als das Ankleiden dann endlich abgeschlossen war, bestieg ich das Rentiergespann. Rudi und seine Freunde warteten schon auf mich. Ich schwang die Peitsche und die Tiere setzten sich in Bewegung. Aber ich, ... aber ich, ratet doch mal wo ich war?"

„Keine Ahnung, wo **warste denn**?", fragten alle.

„Auf dem Boden, denn ich wurde mit einem Satz aus meinem Sitz geschleudert und landete unsanft auf dem Grund. Neben vielen blauen Flecken war meine rechte Pfote verstaucht. Das tat ganz schön weh. Man hätte mich ja auch vorwarnen können; ein Hase wiegt ja auch nich so viel wie ein dickbäuchiger Weihnachtsmann."

„**Schlümm** war es auch, als ich über einen zugefrorenen See laufen musste, um zu einem Auftraggeber zu gelangen. **Und haste nich gesehen**, da war es auch schon passiert, meine Pfoten waren plötzlich so rutschig. Sonst kann ich immer sagen, dass ich gummiartige Fußsohlen habe, mit denen ich nich so schnell ausrutsche, aber an diesem Abend? Nun, ich weiß bis heute nich, warum das passiert ist, aber ich habe mich ganz schön auf die Nase gelegt. Meine Hasenzähne tun mir jetzt noch weh."

„Die größte Enttäuschung war allerdings mein Bart. Ich wollte auch so einen schönen langen weißen Bart haben wie der Weihnachtsmann. Aber was soll ich sagen, er wuchs einfach nich. Ich habe es lange ausprobiert. Er wollte nich wachsen. Selbst nach ein paar Monaten sah er immer noch aus wie ein Ziegenbart. Das hab ich fotografiert, **da gipsn Bild von.** Da kannst du dich **beömmeln.**"

„**Jetz mal in Ernst**: Vielleicht würde aus mir irgendwann ein guter Weihnachtshase werden, aber wenn ich überlege, welche Strapazen und Schmerzen ich bislang in diesem Job über mich ergehen lassen musste, möchte ich wieder tauschen."

„**Donnerschlach**, da sind wir aber platt, was du erlebt hast!", ruft die Menge im Chor. „**Sach ich doch, sach ich doch!**", antwortet der Hase.

„Aber auch ich habe einiges erlebt, was ich nich noch mal erleben möchte", erwidert der Weihnachtsmann. „Aber zunächst brauch ich ein **Bolchen**, ich hab so einen trockenen Mund."
Jemand aus der Menge gibt ihm das Bonbon und der Weihnachtsmann legt los: „Zunächst möchte ich sagen und **das ist echt war**, danke, dass du, lieber Hase, mit mir getauscht hast."
„**Da nich für**" wirft der Osterhase ein.
„Meinen Knochen…", so der Weihnachtsmann weiter, „… hat die Frühlingswärme sehr gut getan, aber ansonsten war es auch bei mir recht **schlümm**. Ich muss dir, Hase, ein großes Kompliment

machen. Du machst wirklich einen guten Job. Ich bin immer wieder erstaunt, mit welcher Leichtigkeit du dich bewegst und die **Eior** von A nach B transportiert, ohne sie fallen zu lassen. Ich **dacht ich werd' dulle!** Und du machst das auch noch mit Hoppeln, **Junge, Junge!**"

„Ich hab ja letztes Jahr schon gesagt, dass ich nich hopple, das kann ich nich – das tu ich nich, weil mir die Knochen so weh tun."

„**Is nich schlümm** hast du gesagt, dann eben nich."

„Dann kam mir aber so ins **Gehiorn**, ich kann ja hüpfen. Was mir auch ganz gut gelungen ist".

„Und, schaut mal her", der Weihnachtsmann zeigt auf seinen Bauch, „... dadurch habe ich ganz gut abgenommen. Mein Bauch ist nur noch halb so dick. Na ja, mit dem Hüpfen klappte es dann ganz gut, aber ... ihr könnt euch nich vorstellen, was sonst noch für Probleme auf mich zukamen".

„Es fing damit an, dass ich zum Verstecken der **Eior** einfach zu groß bin. Ich alter Mann kann nich mehr auf meinen Knien rumrutschen, um die **Eior** unten im Gras zu verstecken. Dann komm ich gar nich mehr hoch.

Deshalb habe ich mir überlegt, sie in Astgabeln und hohen Sträuchern zu verstecken. Leider sind dadurch aber einige **Eior** unentdeckt geblieben, weil wohl keiner damit rechnete, sie dort oben zu finden."

„Apropos **Eior**, wie kriegst du das eigentlich mit den **Eiorn** hin..., Hase..., das sie nich zerbrechen?

Die ersten **Eior**, die ich versteckt habe, waren alle eingedätscht. Es ist gar nich so einfach, sie vorsichtig anzufassen. Dazu habe ich Samthandschuhe benutzt, aber trotzdem ist das eine oder andere **Eior** kaputt gegangen.

Ich bin dann immer dort **inne Blüsn gegangen**, wo ein Ei kaputt gegangen ist.

Auch bei der Auslieferung hatte ich so meine Probleme. Die Liste, die du mir gegeben hast, konnte ich, trotz Brille, manchmal gar nich lesen. Oder ich **Dusselkopp** hatte vergessen, wo ich hin musste."

„Na, das sind alles noch Sachen, die ich im Laufe der Zeit noch inne **Birne rinkriegn** könnte. Übung macht ja bekanntlich den Meister, aber jetzt ist der Ofen aus. Jetzt ist die Himmelspolizei hinter mir her."

„Was hast du denn gemacht, dass die Polizei dich verhaften will?"

„Nun, … nun, so beginnt der Weihnachtsmann erneut, „… naja wie du weißt, habe ich dir meine Arbeitsklamotten gegeben. Du hattest ja keine für mich und manchmal bin ich halt so vergesslich... na ja, ...na ja, da habe ich nich dran gedacht und da ist es halt passiert."

„Ich ging so **umme Ecke rum**, als ich plötzlich im Scheinwerferlicht stand." „Halt, stehngeblieben", rief mir jemand zu. „Noch bevor ich **ausbüxn** konnte, hatte er mich auch schon erreicht und hielt mich fest. Es war die Himmelspolizei."

„Um Himmelswillen" sagte der Polizist, „was ist denn in dich gefahren? So kannst du dich doch nich blicken lassen, ganz nackig! Wo ist dein Lendenschurz?"

„Lendenschurz, ging es mir durch's **Gehiorn**. Ja, ich merkte ich war **inne Schuld**, ich hatte doch tatsächlich vergessen, mir einen Lendenschurz zu nähen."

„Die Beamten nahmen mich daraufhin mit auf's Revier, wo mir der Nikolaus, der gerade an seiner Endabrechnung des Nikolaus-Geschäfts saß, seine Hose lieh. Das war mir vielleicht peinlich."

„Erzähl doch kein vom Pferd – du bist ohne Lendenschurz losge-laufen? Wo bist du denn **wech,** läufst ohne Hose durch die Stra-ßen?"
„Kann halt **nix dafür**, hab' ich halt vergessen", verteidigt sich der Weihnachtsmann.
„Nein, nein, ich will auch wieder tauschen, mir reicht's. Weih-nachten hat ja auch was Gutes. So sehe ich auch meine Freunde Rudi und Co. wieder", resümiert der Weihnachtsmann.

„Da **habter echt Recht**, rufen die anderen im Chor. Bleibt ruhig bei dem, was ihr gut macht. Wie heißt es doch: Schuster bleib' bei deinen Leisten!"

Froh, endlich die Strapazen überwunden zu haben, umarmen sich der Weihnachtsmann und der Osterhase freudig und nehmen zum Abschied noch einen **Schlüarschluck** zu sich.
„**Kär, Kär, Kär**!, das war keine gute Idee!"

Neuanfang

Ein neues Jahr.
Es ist Frühling.
Ich löse mich aus dieser Enge.
Schwerstarbeit.
Der warme Frühlingswind streichelt
meinen Körper.
Ich fühle mich befreit und wohl.
Ein neuer Anfang.
Die Sonne wärmt mich.
Langsam, ganz langsam regen sich
meine steifen Glieder.
Blumenduft liegt in der Luft.
In der Ferne höre ich die Bienen summen.
Der Atem des Frühlings umstreift mich.
Meine Flügel hängen noch schlaff herunter.
Nach und nach pumpe ich Blut
durch meine Flügeladern.
Es dauert lange, bis die Flügel trocken sind.
Ich habe Zeit, genieße mein neues Leben.
Sobald die Flügel trocken sind,
steige ich hinauf in die Lüfte.
Jetzt entfalte ich meine ganze Schönheit.
Meinen deutschen Namen erhielt ich 1501 nach dem Wort
„Schmetten" (Schmand, Rahm).
Und zwar deshalb, weil es einige Arten von mir gibt,
die von Schmand angezogen werden.
Deshalb werde ich auch im Englischen als „Butterfly" bezeichnet.

Osterzeit

Es ist Ostern.

Ist es grün oder weiß?

Egal – es ist Frühlingszeit.

Erwachen der Natur.

Tage werden länger.

Vogelzwitschern.

Sonnenstrahlen.

Wärme.

Licht.

Düfte.

Saftiges Grün.

Bunte Farben.

Frühlingsfarben.

Menschen genießen Ostern.

Freie Zeit.

Gemeinsame Zeit.

Familienzeit.

Kinderzeit.

Kinderlachen.

Glückliche Zeit.

Spaziergänge in der erwachenden Natur.

Kaninchen.

Küken.

Streichelzoo.

Fotos.

Erinnerungen.

Bunte Eier.

Suchen im Gras.

Schokolade.

Gute Gespräche.

Gemeinsame Mahlzeiten.

Fröhlichkeit.

Dankbarkeit.

Glückliche Zeit.

Osterzeit = Genusszeit.

Ein Schlager kommt selten allein

Johnny der Schlagermann

In einem unbekannten Land vor gar nicht allzu langer Zeit lebte *Johnny Blue*, in *Albany, hoch in den Bergen* von *Mendocino*. Johnny lebte dort mit seinen drei Haustieren; einem Hund, einer Katze und einer Bergziege. Er führte gewissermaßen ein Einsiedlerleben. Jeglichen menschlichen Kontakt hatte er verloren.

Johnny liebte das Leben in den Bergen. *‚Schön ist es auf der Welt zu sein'*, dachte er immer. Jeden Tag und jede Nacht begrüßte er mit den Worten *„immer, immer wieder geht die Sonne auf"* und *„ich seh' den Sternenhimmel"*.

Eines Tages blätterte er eine Zeitschrift durch, dabei verharrte sein Blick *auf das schöne Mädchen von Seite 1*, eine *schöne Maid*, namens *Michaela*. Und während er sich das Bild ansah, sprach er zu seinem Kater: *„Mein Gott Walter, wer trinkt schon gern den Wein allein?"*

Seine Einsamkeit wurde ihm bewusst, er musste und wollte etwas an seiner Situation ändern.

Einmal um die ganze Welt wollte er reisen, dabei fremde Länder und Menschen kennen lernen.

„Komm unter meine Decke und da mach' es dir bequem", sagte Johnny zu seinem Kater Walter. Beide kuschelten sich unter die Decke und Johnny sinnierte: *„Man muss das Leben eben nehmen, wie das Leben eben ist!"* Während er das sagte, dankte es ihm die Katze mit einem lauten Schnurren, dass sich anhörte wie *„Merci Cherie"*.

In der Nacht träumte Johnny vom *Festival der Liebe* und *es soll' rote Rosen regnen*.

Das Sonnenlicht weckte ihn. *„Guten Morgen, Sonnenschein"*, sagte er und noch trunken von seinen schönen Träumen rief er seinem Hund zu: *„Ich will Spaß, Theo wir fahr'n nach Lodz!"*.

Doch vorher musste er noch seiner Mutter Claire Bescheid geben, damit diese sich um die Katze und die Bergziege kümmert. *„Mama, wann kommst du?"*, jodelte Johnny aus voller Kehle hinüber zum Nachbargipfel. Es dauerte eine Weile, bis die Mutter reagierte, dann aber jodelte sie den *„Babysitter-Boogie"* zurück. Jetzt wusste Johnny, dass seine Mutter kommen würde. Hastig schrieb er ihr noch einen Abschiedsbrief.

Arrivederci Claire – Abschied ist ein bisschen wie sterben, stand dort geschrieben. Johnny bat sie, sich um seine Bergziege und den Kater zu kümmern. Außerdem ermahnte er sie eindringlich, die Toilette des Katers mehrmals täglich zu reinigen, mit den Worten *Katzeklo, Katzeklo, ja das macht die Katze froh.*

Dann machten sich Johnny und Theo auf den Weg. *Auf der Straße nach Süden*, den Berg hinab, hielt plötzlich eine Kutsche neben ihnen. Der Kutscher lud Johnny ein, bis Hamburg mitzufahren. *Auf der Reeperbahn nachts um halb eins* müsse er dann allerdings aussteigen. Ohne lange zu überlegen, stieg Johnny *hoch auf den gelben Wagen* und fuhr mit.

Nachts, als alles schlief kamen sie in Hamburg an und Johnny musste die Kutsche verlassen.

Am nächsten Tag, *am Tag als der Regen kam*, setzte Johnny seinen Weg fort. *„Ich fahr' so gerne Rad"*, murmelte er und deshalb lieh er sich eins aus, um damit Richtung Berlin zu fahren.

Er nahm einen kräftigen Atemzug als er in der Mitte Berlins angekommen war und dachte *‚das ist die Berliner Luft'*. Johnny stieg gerade vom Rad als ihm *Jose, der Straßenmusikant* entgegenkam. Den fragte er: *„Ham'se nicht, ham'se nicht, ham'se nicht 'ne Frau für mich?"*. *„Probier's mal mit Gemütlichkeit"* und dabei zeigte der Straßenmusikant mit dem Finger auf *die kleine Kneipe in unserer*

Straße. Zielstrebig ging Johnny in dieses *ehrenwerte Haus.* Sofort, als er den Gastraum betrat, war's um ihn geschehen. Er sah seine *Zuckerpuppe* mit den *zwei Apfelsinen im Haar.* *'Ich hab' die Liebe geseh'n'*, dachte er bei sich und mutig sprach er die Frau an: *„Bist du einsam heut' Nacht?"* Sie antwortete: *„Schöner fremder Mann, mit 17 fängt das Leben erst an."*

Dann erfuhr er von ihr, dass sie *Anuschka* hieß. Sie setzten sich an einen Tisch und tranken etwas. Nach dem sie sich einige Zeit unterhalten hatten, sagte Anuschka: *„Ich will keine Schokolade, ich will lieber einen Mann."* Und durch ihre Aufforderung: *„Rote Lippen soll man küssen, denn zum Küssen sind sie da"*, überkam es Johnny. Er gab ihr einen dicken Schmatzer auf ihren roten Mund. Ungeküsst sollte sie heute Nacht nicht schlafen gehen. Um die Beiden war's geschehen. *„Ich hab' auf Liebe gesetzt"*, sagte er zu ihr und sie antwortete: *„Verdammt, ich lieb' dich"*.
Überglücklich sollten alle im Lokal an ihrem Glück teilhaben, deshalb bestellte Johnny beim Wirt *sieben Fässer Wein.*

Johnny Blue und Anuschka sind noch lange zusammen geblieben. Sie wohnten zunächst in Berlin, bis Anuschka eines Tages, die Heimat von Johnny kennen lernen wollte.

Anuschka kannte das Lied *Blau, blau, blau, blüht der Enzian* und sie wollte diese Blume gerne mal in der Natur sehen. Deshalb fuhren sie in die Berge, in die Heimat von Johnny. Bei dem Versuch, eine dieser kleinen, blauen Blüten zu pflücken, verunglückte Anuschka tödlich.
Auf dem Grabstein, der am Abgrund neben den Enzianblüten von Johnny errichtet wurde, steht seitdem *Goodbye my love goodbye, goodbye auf Wiedersehen.*

Mensch ärgere dich nicht

Voller Vorfreude bereitete ich mich wie jedes Jahr auf meinen Geburtstag vor. Wochen vorher hatte ich schon alles geplant, eingekauft und vorbereitet. Na ja, man wurde zwar jedes Jahr ein Jahr älter, aber das war letztendlich eine Nebensache. Viel schöner war dagegen die Vorstellung, alle Freunde, Verwandten und Nachbarn, von denen man manche nur ein- bis zweimal im Jahr sah, wiederzusehen. Endlich war es soweit.

Es klingelte an der Tür. *Indiana Jones* war der Erste, dem ich die Tür öffnete. Freudig nahm er mich in den Arm, gratulierte mir und sagte: *„Hol's der Teufel, Wer hat an der Uhr gedreht?"* Beschwichtigend erwiderte ich: „Ist schon gut, ich weiß, dass du viel zu früh da bist, aber der frühe Vogel fängt den Wurm, nicht wahr?"
Wahrscheinlich ahnte *Indiana Jones* schon, dass es gleich sehr voll in meiner kleinen Wohnung werden würde. Wir unterhielten uns über *Crazy Chicken*, *Mister Diamond* und *Schicki Micki*. Erst eine Stunde später klingelte es erneut an der Tür.

Freudestrahlend nun noch weitere Geburtstagsgäste begrüßen zu können, öffnete ich die Tür. Mit einem freudigen *„Ole!"* traten ein: *Die Siedler von Catan*, der Räuber, *Das Pferd von Troja*, *Der verrückte Pharao*, *Der Alchimist*, *Der Heidelbär*, *Die Maulwurf-Company*, *Der Hase und der Igel*, Hägar, *Der goldene Drache*, die Hexen, *Der Silberzwerg*, der Elefant, die Maus, die Giraffe und *Tutto, volle Lotte*.
Ein Paar und ein Gast aus dem *Cafe International* trotteten als Letzte in meine Wohnung. Mit einer Rose, die sie mir überreichten, verkündeten sie: „Unser Kommen ist unser Geschenk an dich."

Meine Wohnung ist nicht besonders groß, deshalb hatte ich schon Schwierigkeiten, alle unterzubringen. Ich wusste zwar ungefähr mit wie vielen Gästen ich rechnen musste, dass jedoch so viele kamen, verblüffte mich. Und dass sie auch kein einziges Geschenk für mich hatten, enttäuschte mich schon.

Großkotzig rief *Indiana Jones* den Neuankömmlingen zu: *„Dumm gelaufen. Den letzten beißen die Hunde"*. Zum Glück hatte ich mir schon vorher etliche Bananenkisten zum Sitzen besorgt. Dennoch mussten unzählige Gäste stehen, was aber die wenigsten bekümmerte. Es war halt' eine Stehparty.
Frauen & Männer unterhielten sich über *Flandern 1302, Hennen rennen* oder *Killer Karnickel.* An anderer Stelle hörte ich wie sich meine Gäste über *Gelb gewinnt, Hamstern* oder *Kuhhandel* unterhielten. Die Stimmung war meines Erachtens *Verflixxt, Rattenscharf* oder besser gesagt *Tick... Tack... Bumm.*

Nach etwa einer Stunde klingelte es wieder an der Wohnungstür. Von Weitem rief ich in Richtung Tür: *„Komme gleich!".* *Schneller als kurz* war ich an der Tür. *„Take it easy!",* rief mir der Mann vom Party-Service zu, gerade in dem Augenblick, als ich die Tür öffnete.
Überwältigt von den vielen Prominenten, die sich in meiner Wohnung aufhielten, rief er fast hysterisch: „Wow, was *In Teufels Küche* ist denn hier los? Hier geht's wohl *Um Ruhm und Ehre?"* Und begeistert fügte er hinzu: „Ich werd' gleich *Meschugge,* selbst die *Sternenfahrer von Catan* sind hier."

Zusammen mit seinem Helfer *Emerald* baute der Partyservice-Mann dann das Büffet auf. Viele Köstlichkeiten kamen auf den Tisch: *Kakerlakensalat, Hot Dog* und *Schweinebacke. „Nix für ungut!",* sagte der Mann, „aber ich muss sofort kassieren". *Auf Heller und Pfennig* beglich ich meine Rechnung. „*See you later...*, bis zum *Katerfrühstück*", verabschiedeten sich dann die beiden Männer.

Mausgeflippt, wie ich nun einmal bin, hielt ich eine kurze Rede. Ich erzählte meinen Gästen von *Manhattan* und wie ich letztes Jahr *In 80 Tagen um die Welt* gereist bin. Anschließend eröffnete ich das Büffet mit den Worten: „Nun beginnt *Die heiße Schlacht am kalten Büffet!*"

Hägar, den ich bislang als stillen unauffälligen Zeitgenossen kannte, rief lauthals durch den Raum: „*Hägar ruft zum Beutefest.*" Vermutlich hatte er zu diesem Zeitpunkt schon etliche Gläser Bier intus. Ein Paar und ein Gast riefen dazwischen: „*Halli Galli,* was ist das? Ein *Heckmeck am Bratwurmeck*".

Alle Gäste stürzten sich heißhungrig auf das Büffet. *Ex & Hopp* war es verputzt. Ich hätte mir gewünscht, sie wären wie in einer *Karawane* zum Büffet gegangen. Aber ,*Nimm's leich',* dachte ich bei mir, ,*Nobody is perfect'.*

Nach dem Essen spielten *Die drei Chinesen mit dem Kontrabass* und alle versuchten beim *Hexentanz* eine gute Figur zu machen. „*Die Wanzen tanzen*" rief einer aus der Menge. Tatsächlich so etwas hatte ich zuvor noch nie gesehen. Anschließend beschäftigten wir uns noch mit *Möpse mopsen* und *Baby Boom*.

Spät in der Nacht, *Nach dem Regen,* war *Weichei* der Erste, dem schlecht wurde. Nacheinander ging es auch *Miss Monster,* der *Familienbande, Rheinländer* und dem *Raubritter* schlecht. Ihnen war kotzübel. War das Essen nicht in Ordnung oder lag es an ihrer

Völlerei? Vielleicht war ihnen auch *Das verrückte Labyrinth* zu Kopf gestiegen? So ist das halt' bei *Partytime*, das ist das ‚*Spiel des Lebens'*, sinnierte ich.

In diesem Moment lief der Igel an mir vorbei und rief mit piepsiger Stimme: „*Rette sich wer kann!"* Ich wollte nicht *Herzlos* sein, wollte nicht *Igel ärgern* spielen. Ich wusste, dass es der Igel aufgrund seiner Größe schwer hatte, eine geeignete Schüssel zu finden, deshalb hob ich ihn hoch und in diesem Moment erbrach er sich auch schon.

Beruhigend redete ich auf den Igel ein: „Ok, *Alles im Eimer!"* Von da an wurde der Eimer hin und her gereicht. Aber, *Schreck lass' nach*, auch auf der Toilette war *Land unter*.

‚*Wetten dass...* auch das vorbei geht', dachte ich bei mir. Und tatsächlich im Morgengrauen war auch der letzte Gast mit dem *Turbo-Taxi* verschwunden.

Zurück blieb ich mit der Erkenntnis, dass bei den meisten Gästen *Alles für die Katz* war und ich redete auf mich selber ein: „*Mensch ärgere dich nicht."* Aufgewühlt kam mir noch in den Sinn, dass ich jetzt erst einmal eine *Therapy* bräuchte. *Zum Kuckuck* ist es *Wahrheit oder Lüge:* Ich brauche eine Therapie? Schlagartig wurde ich, die *Schlafmütze,* wach und dachte: ‚Was war das für ein verrückter Traum!?'

Es war einmal…

Der Besuch

„Unendliche Weiten. Wir schreiben das Jahr Zwei – Null – Eins – Fünf. Dies sind die Abenteuer des Raumschiffs Discovery, das mit seiner 400 Mann starken Besatzung unterwegs ist, um neue Welten zu erforschen, neues Leben und neue Zivilisationen. Viele Lichtjahre von der Erde entfernt, dringt es in Galaxien vor, die nie ein Mensch zuvor gesehen hat!"

Die Astronauten schauen durch die großen Luken des Raumschiffs und erspähen in den unendlichen Weiten des Universums den Planeten, auf dem sie landen wollen. Genannt wird er der rote Planet – der Mars. Lange waren sie unterwegs. Nun endlich sind sie fast da. Es trennt sie nur noch eine Nacht von ihrem Abenteuer. Alle freuen sich und sind sehr aufgeregt.

Gleich werden sie sich umziehen müssen. Ihre Raumanzüge liegen dazu schon bereit.
In diesem Moment stößt der Kommandant zu ihnen und weist seine Crew freundlich darauf hin, sich nun fertig zu machen. Bevor die Astronauten ihre Kleidung wechseln, waschen sie sich noch von oben bis unten, machen ihren Toilettengang und putzen sich auch die Zähne. Denn schmutzig wollen sie den Marsbewohnern nicht entgegentreten.

Während sie mit allem beschäftigt sind und sich umziehen, sprechen sie darüber, was wohl passieren wird. Werden sie grüne Männchen oder Marsianer sehen? Werden diese freundlich oder feindselig sein? Wie leben sie? Müssen die auch zur Toilette? Welche Sprache sprechen sie? Was essen sie? Wie sieht der Planet überhaupt aus? Und wie ihre Raumschiffe? Haben sie Kinder? Was machen sie beruflich? Waschen die sich auch?

Tausend Fragen gehen den Astronauten durch den Kopf. Alle sind sehr aufgedreht! Was können sie erwarten?

Noch während die Astronauten darüber sprechen, kommt erneut der Kommandant zu ihnen und gibt ihnen den Befehl: „So, Kinder – Schluss für heute – ab ins Bett! Morgen ist auch noch ein Tag! Ach ja, und benehmt euch, wenn Opa morgen zu Besuch kommt und mit euch ins Planetarium geht!"

„Du, Mama", fragt der Jüngste, „sehen wir morgen dann auch grüne Männchen im, … im Pla.. ta… num?"

„Lass' dich überraschen, ob du im Planetarium so etwas sehen wirst", sagt die Mutter und drückt jedem ihrer drei Kinder einen dicken Kuss auf die Stirn.

Ordnung ist das ganze Leben

‚Das kann doch wohl nicht wahr sein!', denkt sich Julia. ‚Was ist mein Mann doch für ein Schwein.' Ärgerlich stopft Julia den aufgerissenen Sack mit dem schimmeligen Müll in die Tonne. ‚Warum steht dieser eigentlich im Kellergang herum, wo wir doch draußen eine Mülltonne haben?! Der Sack muss dort ja schon ewig gestanden haben, ansonsten wäre nicht so viel Schimmel darin. Ein Wunder, dass wir noch keine Ratten haben. Na ja, auch nur eine Frage der Zeit', sinniert Julia.

Ständig muss sich Julia über ihren Mann Robert aufregen. Ordnung halten, kennt er nicht. Für sie ist Ordnung das ganze Leben. Er dagegen lässt lieber überall seine Sachen herumliegen oder schlimmer noch, herumstehen, so dass man darüber fallen könnte. Eigentlich ein Wunder, dass sich noch keiner die Knochen gebrochen hat. Außerdem nörgelt Robert an allem und jedem herum. Nichts kann man ihm Recht machen. Häufig hört Julia diese Aussagen: „Wann gibt' s endlich was zu essen? Wer soll diesen Fraß fressen? Bück' dich, da ist noch was schmutzig! Wann gehst du endlich einkaufen? Hol mir mal'n Bier!" usw.
Und das, obwohl er die meiste Zeit hat, weil er im Moment nicht arbeitet. Hilfe im Haushalt kann sie nicht erwarten, das hat er nie gelernt.

Julia arbeitet den ganzen Tag und er sitzt zu Hause. Wenn er sich zwischendurch etwas zu essen macht, lässt er das benutzte Geschirr einfach stehen. Selbst die Lebensmittel räumt er nicht wieder weg. Ob die Wurst dann abends schlecht ist und von Julia weggeworfen werden muss, interessiert ihn nicht. Er fühlt sich fürs Wiederwegräumen nicht zuständig. Deswegen gab es schon häufig Streit. Nicht nur die Küche sieht regelmäßig wie ein Saustall aus, sondern auch die anderen Räume des Hauses.

Überall liegen seine Unterhosen und Strümpfe herum. Ekelig, denn die Unterhosen sind manchmal zugeschissen, wenn Robert ein Wind entfleucht und er es nicht mehr rechtzeitig zur Toilette schafft. Der Klodeckel steht ständig offen. Über die Zahnpastatube, die nach dem Gebrauch nicht wieder verschlossen wird, kann Julia sich gar nicht mehr aufregen. Das Benehmen ihres Mannes ist einfach Glückssache. Rülpsen und Furzen in der Öffentlichkeit sind seit einigen Jahren seine Begleiter. Julia ist das dann immer unendlich peinlich. Deshalb unternimmt sie nur noch selten etwas mit ihrem Mann.

In dem Jahr, als die Watergate-Affäre Nixon das Amt kostete, haben sie sich kennen gelernt. Es war Liebe auf den ersten Blick. Damals, vor zehn Jahren, war er ausgesprochen nett und zuvorkommend. Er war ein erfolgreicher Geschäftsmann mit eigener Gartenbaufirma.

Es dauerte nicht lange, da zogen sie zusammen. Ein Jahr später heirateten sie und zogen in dieses Haus. Sein Benehmen verschlechterte sich seit dem gravierend. Es fing zunächst unauffällig mit Kleinigkeiten an und steigerte sich förmlich von Jahr zu Jahr. Von da an waren auch die Aufträge der Kunden rückläufig. Heutzutage gärtnern die Leute lieber selber, bevor sie sich ihren Garten machen lassen. Das Geld wird eben immer knapper.

Seit einem halben Jahr ist Robert jetzt arbeitslos und ständig zu Hause. Er ist sehr unzufrieden mit sich und der Welt. Das nervt Julia sehr. Seitdem Robert zu Hause ist, stehen überall, aber wirklich überall, seine Gartengeräte und Heimwerkerutensilien herum.

Nicht nur auf dem Dachboden, im Abstellraum, im Keller, in der Garage, sondern auch im Gäste-WC und in einigen Zimmern im Obergeschoss finden sich Spaten, Rechen, Forken, Eimer, Schiebkarren, Leitern und jede Menge von Unkraut-vernichtungsmitteln. Jedes der genannten Dinge, aber nicht nur einmal, sondern bestimmt zwanzig Exemplare, stehen im gesamten Haus herum.
Und bestimmt die gleiche Anzahl an Sägen, Hämmern, Werkzeugkästen usw. gibt es im Hobbykeller.

Lange hält Julia diesen Zustand nicht mehr aus. Sie hat sich schon oft bei Robert beschwert, aber sie stößt nur auf taube Ohren. Robert schreit sie dann regelmäßig an, sie würde immer nur meckern. Langsam resigniert sie, vielleicht sollten sie sich trennen?!

Julia kommt das Angebot ihrer Freundinnen Caroline und Maggie wieder in den Sinn. Die beiden haben sie eingeladen, mit ihnen für eine Woche in die Rocky Mountains zu fahren. ‚Warum auch nicht', denkt Julia und beschließt mitzufahren.

Am nächsten Wochenende ist es soweit. Julia erzählt Robert am Frühstückstisch, dass sie sich jetzt doch dazu entschlossen habe, mit ihren Freundinnen eine Woche in die Rockies zu fahren.
Als sie ein paar Stunden später von ihren Freundinnen abgeholt wird, ist Robert anscheinend nicht da oder mit seinem Computer oder irgendwelchen Basteleien beschäftigt. Jedenfalls hält er es nicht für nötig, sich von seiner Frau zu verabschieden.
Julia ruft durchs Haus: „Tschüss, Robert, ich fahre jetzt, bis nächste Woche, mach's gut!" Aber es folgt keine Reaktion. Julia ruft noch einmal, wieder keine Antwort. Robert ist vermutlich gar nicht im Haus. Sie nimmt ihren Koffer und geht hinaus zum Auto

in dem die Freundinnen sitzen. Caroline und Maggie wissen, dass Julia und Robert Probleme haben.

Julia hat sich in der Woche mit ihren Freundinnen ein bisschen erholt. Es war eine schöne Zeit. Julia hat viel nachgedacht und ist entschlossen, Robert zu verlassen.
Als sie nach diesem Urlaub wieder ins Haus kommt, sieht alles noch genauso aus, wie an dem Tag ihrer Abreise. Sein Schlafanzug liegt auf dem Sofa. In der Küche steht noch das Frühstücksgeschirr, dass sie beide benutzt haben. Die Milch ist mittlerweile sauer geworden und unzählige Fruchtfliegen tummeln sich auf dem Obstsalat, der dort immer noch steht. ‚Das gleiche Bild wie immer‘, denkt Julia. ‚Nichts hat sich geändert.‘

Als sie die Badezimmertür aufstößt, kommen ihr etliche Fliegen und ein ekliger Geruch entgegen. ‚Nein, ich mach' ihn kalt, wenn das jetzt wahr ist...‘, denkt sich Julia, während sie sich dem geöffneten Klodeckel nähert. Sein großes Geschäft liegt darin. Blitzschnell klappt sie den Deckel herunter, zieht die Spülung und verlässt das Badezimmer. Mit Müh und Not kann sie verhindern, dass sie sich nicht übergeben muss. ‚Schlimmer kann es ja nun nicht mehr werden‘, denkt sie noch. Sie ist außer sich vor Wut. Wo ist Robert? Sie läuft durchs Haus; aber sie findet ihn nirgendwo. Das Auto ist in der Garage, also muss er zu Hause sein, denn Robert geht nie zu Fuß.

Julia öffnet die Kellertür und ruft hinunter in den Keller. Aber Robert antwortet nicht. Von oben dringt genug Helligkeit in den Keller, so dass Julia das Licht nicht anknipst.
Langsam geht sie die knarrende Holztreppe hinunter. Plötzlich tritt sie auf irgendetwas. Was es ist, kann sie nicht sagen, sie ver-

mutet eine Zange. Sie geht eine weitere Stufe hinunter. Wieder spürt sie etwas unter ihren Füßen. ‚Was ist das? Muss Robert immer das Gerümpel im ganzen Haus verteilen.'

Vorsichtig geht sie weiter. Etwas Großes steht dort auf der Treppe. Es ist nicht erkennbar, was es ist. Um nicht doch noch zu fallen, läuft Julia die Treppe wieder hinauf und schaltet das Licht an. Jetzt erkennt sie schon von Weitem, dass es Roberts Werkzeugkasten ist, der auf der dritten Stufe von unten steht bzw. auf der Seite liegt und halb geöffnet ist. Vermutlich stand der Kasten auf einer höheren Stufe und ist herunter gefallen.

Am Treppenabsatz erkennt Julia einen riesengroßen roten Fleck. ‚Ist das Blut?', fragt sie sich. Hinter dem Fleck sind parallel zwei rote Streifen zu sehen. Dann in ca. zwei Meter Entfernung wieder dieser rote Fleck und dahinter die zwei roten Streifen. Dieses Bild scheint sich zu wiederholen.

Julia folgt der vermeidlichen Blutspur bis in die Waschküche. Hier wird das Rätsel gelöst. Es ist tatsächlich Blut. Robert liegt auf dem Waschküchenboden, ist kreidebleich und – tot.

Das erkennt Julia sofort, weil aus einer Wunde am Hinterkopf sein gesamtes Blut herausgeflossen ist. Ein Teil seines Blutes klebt noch auf den Bodenfliesen. Das restliche Blut ist schon durch den Gully abgeflossen.

Robert ist wie ein Schwein förmlich ausgeblutet. Seine Augen sind verschlossen, aber sein Mund steht noch offen. Wahrscheinlich hat er noch bis zum Schluss um Hilfe gerufen. Aber man konnte ihn nicht hören, da die Wände schallisoliert sind. Vor ein paar Jahren hatte Robert die Wände verkleidet, damit die Nachbarn nicht von seinem Hobby, dem Heimwerken, gestört werden. Diese Isolierung war so gut, dass seitdem kein einziger Ton mehr aus dem Keller hervordrang.

Neben dem Abfluss erkennt Julia, dass Robert dort mit seinem Blut etwas auf die Bodenfliesen geschrieben hat. Dort stehen in krakeliger Handschrift die Worte: Recht – Ordnung.
Zustimmend nickt Julia und sagt laut: „Endlich hat auch er's kapiert!"

Gedanken keimen in ihr auf, soll sie die Polizei benachrichtigen? Letztendlich war ja alles nur ein Unfall. Aber vermutlich glaubt man ihr nicht, sie könnte unter Mordverdacht geraten, weil bekannt war, dass sie sich immer stritten. Nein, Julia hat eine andere Idee. Wofür hat Robert eigentlich so viele Dinge gesammelt, wenn sie nicht benutzt werden? Häufig schwärmte er davon, was dieses und jenes Gerät alles kann!

Julia will die angepriesenen Geräte nun auch mal benutzen. Sie durchstöbert die Regale im Keller. Etliche Sprühdosen mit Unkrautvernichtungsmitteln findet sie aufgereiht. ‚Gibt es hier nichts Stärkeres?', fragt sie sich. Sie durchstöbert alle Ecken und Winkel. In einem abgeschlossenen Schrank wird sie fündig. Säure – ja danach hat sie gesucht.

Ohne lange zu überlegen beginnt sie, mit der von Robert vor ein paar Wochen erstandenen Kettensäge, die angeblich selbst gefrorene Eisblöcke zerteilen könne, seinen Körper zu zerlegen.
Zum Glück befindet sich kein einziger Tropfen Blut mehr in ihm. Trotzdem ist das Ganze eine mühselige Prozedur.

Während des Sägens kommen ihr immer wieder Begebenheiten in den Sinn, die sie während ihrer neun Jahre andauernden Ehe mit ihm ertragen musste.

Julia ist enttäuscht, denn ständig wird diese Säge in der Werbung angepriesen, wie toll sie sei, aber bei der Zerteilung von Roberts Körper macht die Säge schon fast schlapp.
‚Keine Wertarbeit… die Qualität …ist also auch nicht mehr die, die sie mal war. Das wäre ja schon fast ein Reklamationsfall, ... na ja, aber ... in diesem Fall wohl nicht', denkt Julia.

Schweißgebadet schafft sie es, den Körper in neun Teile zu zerkleinern – für jedes erduldete Ehejahr ein Stück. ‚Die Teile sind noch zu groß', geht es ihr dann durch den Sinn. Also noch mal Säge anlegen und los geht's. Letztendlich dürfen die Teile nicht zu groß sein, sonst passen sie nicht in die Waschmaschine.

Zunächst stopft Julia drei Körperteile in die Maschine, gießt die Säure hinein und schließt die Tür. Julia ist froh, eine Waschmaschine aus reinem Edelstahl bekommen zu haben. Wenn es nach Robert gegangen wäre, hätte sie nicht so eine gute Maschine bekommen. Zum Glück konnte sie sich damals durchsetzen. Sie, Julia, war die Siegreiche. Jetzt macht sich diese tolle Waschmaschine bezahlt.

Robert wird rückstandslos beseitigt. Nach und nach, in vier Waschladungen, wird er fortgewaschen. Anschließend reinigt Julia zunächst die Fliesen in der Waschküche. Wie praktisch es doch ist, eine Waschküche zu haben. Dann beginnt sie mit Seifenlauge den restlichen Kellerboden zu säubern. Auch das gelingt ihr relativ schnell und gründlich.

Nachdem sie sich geduscht und aufgehübscht hat, fährt sie zu ihren Freundinnen, um ihnen zu berichten, dass Robert sie verlassen hat. Sie erzählt ihnen, wie glücklich sie jetzt sei, endlich Ordnung in das Chaos bringen zu können und berichtet ihnen von dem Abschiedsbrief, den Robert ihr hinterlassen habe. Darin stünde:

Julia,
dein Ordnungsfimmel geht mir so auf den Sack!
Ich habe die Schnauze voll!
Ich verlasse dich!
Such' nicht nach mir, ich bin froh, dass ich weg bin!

Robert

Der kleine Mann

Es war einmal ein kleiner Mann, der einen Mantel trug,
der ihn durch jede Jahreszeit brachte.
Von Natur aus war er schlank.
Aber jeden Herbst war er hungriger als sonst.
Dann aß er auch mehr.
Sein Speiseplan war reichhaltig.
Er mochte sowohl Fleisch als auch vegetarische Kost.
Liebend gern auch überreifes Obst.
Im Sommer übernachtete er draußen in Parks und Gärten.
Seinen Geburtsort suchte er im Winter wieder auf.
Hier machte er es sich gemütlich und fiel in einen
tiefen Schlaf, der mehrere Monate dauern sollte.
Die angefressene Fettschicht entschied dabei über Leben
oder Tod des Igels.

Eine 100-Wort-Geschichte

Das Unvermeidliche

Eine unglaubliche, aber wahre Geschichte begann mit meiner Geburt. Ich wurde am 12. Juli um 23:59 Uhr geboren. Da lag sie, meine Mutter, in den Wehen. Sie schrie und presste mich mit letzter Kraft aus sich heraus. Ich sollte auf keinen Fall ein Kind des 13. Juli werden. Ihre Rechnung ging auf. Mit dem letzten Atemzug des 12. Juli erblickte ich das Licht der Welt.

Vielleicht bedingt durch die Ereignisse, die sich im Laufe der Jahre zutrugen, bin ich in einem sehr abergläubischen Haus aufgewachsen. Mein Vater verließ mich und meine Mutter an einem Freitag, dem 13.

In unserer kleinen Familie wurde soweit wie möglich alles vermieden, was ein Unglück herauf beschwören könnte. Es durfte kein Schirm zum Trocknen in der Wohnung aufgespannt werden – das brachte Unglück. Wäsche durfte zwischen Weihnachten und Silvester nicht gewaschen werden, sonst drohte im nächsten Jahr der Tod. Bei Gewitter durfte nicht gegessen werden. Den Fresser schlägt Gott tot, hieß es immer. Das beste Beispiel brachte meine Mutter: Ein entfernter Onkel sei bei einem Picknickausflug vom Blitz erschlagen worden.

So wuchs ich als ängstlicher, abergläubischer, junger Mann heran. Meine Mutter behütete mich wie eine Glucke. Sie erinnerte mich ständig daran, dieses oder jenes zu tun oder zu unterlassen.

Seit dem Tod meiner Mutter habe ich erfahren, dass mein Vater mit einer neuen Frau ein Kind hat. Dadurch habe ich eine Halbschwester und einen Neffen bekommen. Wir haben mittlerweile ein gutes Verhältnis. Regelmäßig besucht mich meine Schwester mit ihrem Kind. Erst gestern, am Donnerstag, dem 12., sind bei mir gewesen. Sie wissen nichts von meinem krankhaften Aberglauben. Sie haben sich nur gewundert, dass ich sie ständig ermahnt habe, nicht die ganze Milch auf zu trinken.

Heute ist es wieder soweit. Es ist Freitag, der 13. Normalerweise mache ich mir an diesem Tag nur etwas zum Frühstück, nehme einen Milchreis zum Mittag und die vorbereiteten Butterbrote fürs Abendessen und lege mich wieder ins Bett. Rund um mein Bett habe ich alles, was ich für das Überstehen dieses Tages benötige: Wasser, Zeitungen und Bücher, Telefon usw. Nur zur Toilette muss ich dann noch aufstehen.

Doch heute ist alles anders. Schon während der Nacht hatte ich das Gefühl, dass etwas zwischen meinen Zähnen sitzt. Morgens dann stehe ich auf und laufe ins Bad, um mir aus dem Badezimmerschrank die Zahnseide zu holen. Noch bevor ich überhaupt reagieren kann, fällt der kleine Handspiegel aus dem Schrank und zerfällt im Waschbecken in etliche kleine Splitter. Im ersten Moment geht mir durch den Sinn *Scherben bringen Glück,* aber dann fällt mir es mir ein und ich fluche laut: „Schei...ße, ein Spiegel... bringt sieben Jahre Pech."

Auf diesen Schreck möchte ich mir, wie jeden Morgen, erst einmal eine Milchsuppe kochen. Ich schaue im Kühlschrank nach. Wo ist die Milch? Kein Tropfen Milch mehr da?! „Das kleine Scheißerchen", sprudelt es aus mir heraus, „der sollte doch nicht die ganze Milch auftrinken". ‚Was mache ich jetzt?', geht es mir durch den Kopf. Ich suche überall nach einer Packung Milch, aber ich habe keinen Erfolg. Bei der Sucherei verschütte ich dann auch noch Salz. Schlimmer kann es ja nun wirklich nicht mehr werden. ‚Was hält das Leben wohl jetzt noch für mich bereit?'

Eigentlich kann doch nichts mehr passieren. Deshalb fasse ich den Entschluss, gleich zum Lebensmittelmarkt zu fahren. Gehen kommt heute nicht in Frage. Die Gehwege könnten glatt und unwegsam sein. Die Gefahr eines Sturzes wäre zu groß. Die Straßen aber sind gestreut und sicher. Ich ziehe mich an und mache mich todesmutig auf den Weg zum Lebensmittelladen.

Auf dem Weg dorthin überquert eine Katze die Straße von links nach rechts. Beim Laden angekommen, steht ein Mann gerade auf einer Leiter, um über der Tür etwas zu befestigen. ‚Bloß nicht unter der Leiter durchgehen', geht es mir noch durch den Kopf. Da ist es auch schon passiert. Beim Vorbeilassen eines Kunden mit einem großen Paket, bin ich unbewusst unter der Leiter durchgegangen. Noch bevor ich dieses Missgeschick allerdings realisiere, stolpere ich über etwas, falle hin und schlage mit dem Kopf auf den Boden.

Erst im Krankenhaus erlange ich das Bewusstsein wieder. Der Arzt erzählt mir, was passiert ist und sagt: „Ich habe eine schlechte und eine gute Nachricht für sie, Herr Pech! Die schlechte Nachricht ist, sie hatten, gemäß ihrem Namen, großes Pech. Sie haben sich ein schweres Schädel-Hirn-Trauma mit weitreichenden Folgen zugezogen. Es kann lange dauern, bis sie ihr Gedächtnis vollständig wieder erlangen.

Doch sie hatten wiederum großes Glück, dass sie am Leben sind. Denn durch ihren Sturz und ihrer daraus resultierenden schweren Körperverletzung bekommen sie einen nicht unerheblichen Geldbetrag zugesprochen. Machen sie sich keinerlei Gedanken. Das Gedächtnis kommt sicherlich bald wieder. Nichtsdestotrotz – Herr Pech, sie sind ein Glückspilz!"

Seit diesem Unfall ist Freitag, der 13. ein Glückstag für mich; er schenkte mir ein zweites Leben, voll Glück und Geld.

Mensch sei helle

„Hans guck' drauf!"

Kennen Sie auch das Phänomen über das Heinrich Hoffmann seinerzeit geschrieben hat?

Damals hieß es noch „Hans guck in die Luft" – heute sagt man „Hans guck drauf"!

Besonders junge Leute sind davon betroffen. Zu jeder Zeit und überall finden sich diese Menschen, um zu kommunizieren. Doch nicht von Mund zu Mund, sondern von Tastatur zu Tastatur.

Sie möchten sich mitteilen, auch wenn der Partner gleich nebenan ist.

Beeindruckend, mit welcher Fingerfertigkeit sie die Tasten bedienen, um ihrem Liebsten ein „Hallo" herüber zu schicken.

Ja, so ein Smartphone ist eine tolle Erfindung.

Man fragt sich, wie wir überhaupt existieren konnten, vor dieser Zeit, in der wir keine Nackenprobleme durch Telefonitis hatten, unfreiwillige Bäder nahmen oder gegen Laternenpfähle liefen, weil wir seinerzeit unsere Fußwege bewusst wahrnahmen.

Das war schon eine sparsame und unfallfreie Redezeit.

Ohne Titel

Wenn du denkst, du bist alleine,
mache dir die Nägel reine;
wenn du merkst, du bist es nicht,
hast du aber dann die Pflicht,
sofort damit aufzuhören,
um ja niemanden zu stören!

Denn springt ein Nagel, eins - zwei,
ist das ekelig hoch drei!

„Sitzenbleiber"

Letztes Jahr wurde bekannt, dass Deutschland das Land der „Sitzenbleiber" ist. Mehr als 8 Stunden pro Tag verbringt der Deutsche im Schnitt mit einer sitzenden Tätigkeit. Gut so.
Denn sitzen kurbelt die Wirtschaft an.

Das fängt schon morgens auf dem Weg zur Arbeit an: Ein eigenes, bequemes Auto verhindert auf jeden Fall einen möglichen Stehplatz im Bus oder einen Rad- oder Fußweg bei Wind und Wetter.

Die Dauerbelastung des Bürostuhls ermöglicht es, dass der „Büroler" häufiger neue, innovative Möbel ausprobieren kann. Und mittags in der Kantine freut man sich dann sitzend auf Kollegengespräche.

Den wohlverdienten Feierabend verbringt der Deutsche gerne hockend im heimischen Wohnzimmer auf der Couch, gemütlich mit einer Tüte Chips oder einer Tafel Schokolade bewappnet, vor dem Fernseher. Die durchschnittliche jährliche Ration, die jeder Deutsche dabei an Süßwaren und Knabberartikel verzehrt, liegt bei 35,4 Kilogramm.

Nach einem genussvollen Abend fällt der Deutsche wohlig und zufrieden ins Bett.

Sie sehen, es ist also gut, dass wir „Sitzenbleiber" sind, so kurbeln wir die Wirtschaft an: mit Arztbesuchen, Arzneien, Massagen, Wärmekissen, Moorpackungen, Krankengymnastik usw.

Zurück nach Hause

Kennen Sie auch das Gefühl, wenn man nach Beendigung seines Urlaubs auf dem Weg nach Hause ist? Da kann der Urlaub noch so schön gewesen sein, am Ende des Urlaubs freue ich mich wieder auf zu Hause. Auf mein eigenes Bett, auf meine Katze und auf alle Annehmlichkeiten, auf die ich im Urlaub verzichten musste.

Ich habe dieses Jahr mal wieder Urlaub in Deutschland gemacht und stelle immer wieder fest, wie schön und abwechslungsreich Deutschland ist. Und besonders bei diesem traumhaften Wetter war es doppelter Genuss, Burgen und Schlösser zu erklimmen und den Ausblick zu genießen.
Sich im angenehm kühlen Nass von Seen zu erfrischen, auf grünen, saftigen Wiesen zu liegen und den Vögeln und in der Ferne den Kühen mit ihren Glocken zu lauschen. Barfuß durch einen Gebirgsbach zu laufen, im Biergarten unter schattigen Bäumen zu sitzen und ein kühles, erfrischendes Bier oder eine Schorle zu trinken. Nette Gespräche mit Einheimischen zu führen, die über „Grüß Gott" hinausgehen. Natur und Kultur zu genießen. Sich's also richtig gut gehen zu lassen.

Wobei man nicht unbedingt weg fahren muss, auch Urlaub zu Hause kann wunderbar sein. Aber man hat dann nicht das Gefühl, das man hat, wenn man nach einer Urlaubsreise zurück nach Hause kommt.

Bei mir macht sich dieses Gefühl folgendermaßen bemerkbar. Auf der Rückfahrt geht mir vieles durch den Kopf. Ich lasse noch einmal alle Urlaubstage Revue passieren und schreibe für jeden Tag auf, was ich unternommen habe – das ist sehr hilfreich, wenn man später Fotos in eine zeitliche Reihenfolge bringen möchte.

Auf der Rückfahrt fühle ich mich auch glücklich über die schönen Dinge, die ich sehen und erleben durfte, über Erlebnisse, die mich amüsiert haben und von denen ich manchmal denke ‚das wäre eine Geschichte wert'.
Ich denke über mein Leben nach und bin dankbar, dass es mir und meiner Familie gut geht. Dass wir uns finanziell überhaupt einen Urlaub leisten können. Viele Deutsche haben dieses Privileg nicht.

Mit glücklichen, dankbaren Eindrücken von meiner in jedem Sinne traumhaften Urlaubsreise, drehe ich den Schlüssel um und betrete meine Wohnung. Ich gehe dann durch jeden Raum meiner Wohnung. Dabei habe ich ein „vertraulich-fremdes" Gefühl. Einige von Ihnen haben dieses Gefühl sicher auch, es ist ein tolles Gefühl, aber schwer beschreibbar.

Ich freue mich, ein Zuhause, sogar ein schönes zu haben. Einige Deutsche haben noch nicht einmal ein Zuhause.

Bargeld sofort

Sie haben ein Auto? Es ist ein Klein- oder Mittelklassewagen? Sie fahren mit dem Auto zum Einkaufen? Oder Sie stehen auch gerne mal längere Zeit mit Ihrem Auto am Straßenrand?

Dann kennen Sie sicherlich das Phänomen! Sobald man wieder in sein Auto einsteigen will, entdeckt man wieder einmal eine dieser Visitenkarten an der Fahrertür.

Falls Sie Ihr Auto jetzt oder später verkaufen wollen, dann melden Sie sich bitte bei mir! So oder so ähnlich ist immer der Wortlaut auf der Visitenkarte. Bargeld sofort wird versprochen. Und es sind immer eine oder mehrere Telefon- und Handynummern angegeben.

Schlaf brauchen diese Autoankäufer vermutlich nicht, weil viele 24 Stunden erreichbar sind.

Auffällig ist zum Einen, dass sämtliche Karten aus wasserabweisendem Papier bzw. Karton bestehen. Man weiß ja schließlich nicht, ob es noch regnen könnte, bevor der Autobesitzer wiederkommt. Nicht, dass er noch eine aufgeweichte Visitenkarte vorfindet!

Unübersehbar ist zum anderen, dass man die Visitenkarten überall findet, nur nicht dort, wo sie platziert wurden. Manche Straßenzüge sind schon mit diesen Karten gepflastert. Überall liegen sie herum: auf Bürgersteigen, in Beeten und Vorgärten, auf Parkplätzen, auf Rasenflächen, Gehwegen und Straßenrändern.

Aber woran liegt das? Warum findet man die Visitenkarten überall?

Auf der einen Seite gibt es vermutlich zu viele Ankäufer, die Autos erwerben möchten. Jeder Ankäufer will sicherlich in mehreren

Stadtteilen präsent sein. Dazu bedarf es der Visitenkarten. Die werden dann in hoher Stückzahl gedruckt und verteilt.

Auf der anderen Seite gibt es relativ wenig Menschen, die ihr Auto verkaufen wollen. Und da sie kein Interesse daran haben, werfen sie die Visitenkarten teils achtlos, teils verärgert auf den Boden. Viele Autofahrer empfinden diese Visitenkartenflut als Ärgernis. So pflastern dann diese Karten etliche Straßenränder und Bürgersteige in Osnabrück.

Doch das Schlimme daran ist, dass diese Visitenkarten nicht verrotten. Denn sie bestehen aus wasserabweisenden Materialien. Deshalb ist es besonders wichtig, sie nicht achtlos wegzuschmeißen, sondern in den Mülleimer zu werfen.

Am besten wäre es natürlich, die Karten gar nicht erst aus diesem Material herzustellen. Was spricht gegen einfache Visitenkarten aus unbeschichtetem Karton? Mal ehrlich, so oft regnet es in Osnabrück doch gar nicht, oder?

Dann gäbe es weniger Giftstoffe, die in die Umwelt gelangen. Profitieren würden davon Mensch und Tier!

Nichts als die Wahrheit

So bin ich

Man betritt mich durch eine große, schwere Eichentür. Im oberen Drittel der Tür befindet sich ein kleines quadratisches Fenster, das auf der Ecke steht und außen durch ein schwarzes Metallgitter geschützt ist. Im unteren Teil der Eichentür ist als Schutz eine Kante aus Messing angebracht. Wenn man die Tür aufschließt, erkennt man den Fußboden mit seinen kleinen Fliesen aus hellem Marmor. An den Wänden um die Eichentür herum gibt es verschiedenfarbige Fliesen. Links der Tür sind sie mittelblau, rechts davon hellgrün.

Vier Stufen aus weißem Marmor führen hinauf ins Hochparterre. Von dem Marmor erkennt man nicht viel, denn ein roter Läufer erstreckt sich über diesen und über die kleinen Bodenfliesen, die nach den vier Stufen wieder den Boden bedecken. Ein zweiter roter Läufer liegt quer zum ersten.

Eigentlich will ich mich gar nicht so ausführlich beschreiben, denn viel interessanter ist doch, was ich schon alles erlebt habe.

Über die ersten vier Stufen erreicht man im Hochparterre, eine weiße, mit Sprossenfenstern unterteilte Wohnungstür. Hui, ich vernehme plötzlich einen Hauch von „Pussy Deluxe" in der Nase. Wahrscheinlich ist gerade meine Lieblingsbewohnerin, Sabine, hier vorbei gegangen. Ja, eigentlich kann es nur sie gewesen sein, denn sie ist das einzige weibliche Wesen hier. Ich kenne und liebe dieses Parfüm. Die Katze Yeti, die ihren Ruheplatz auf dem Treppenabsatz im zweiten Stock hat, kann es jedenfalls nicht gewesen sein, die riecht bei Weitem nicht so gut.

Ab dem Hochparterre ist rot-schwarz gesprenkeltes Linoleum auf den zum Teil knatschenden Holzstufen verlegt. Das weiß-rot und an einigen Stellen naturholzbelassene Treppengeländer mit schönen Schnitzereien, verleiht mir diesen besonderen Charme. An den weiß gestrichenen Wänden im Treppenhaus hängen in großen silber- und goldfarbenen Rahmen Bilder, die meine Bewohnerin Sabine zum Teil selbst gemalt hat.

Vom Hochparterre bis zum 1. Obergeschoss muss man insgesamt 18 Stufen überwinden. Am ersten Treppenabsatz ist ein rechteckiges, mittel-großes, mit bunten Scheiben in Bleiverglasung eingelassenes Fenster zu sehen.

Vom ersten Obergeschoss bis zum Dachgeschoss sind es noch einmal 14 Stufen. Am zweiten Treppenabsatz sind zwei große Fenster in die Wand eingelassen. Sie bestehen aus Milchglas, so dass man nicht hindurch sehen kann.

Jetzt verfalle ich ja schon wieder ins Beschreiben. Ich kann's doch nicht sein lassen. Aber so könnt ihr euch genau vorstellen, wie ich aussehe.

Vor dem Fenster steht ein Blumenhocker mit einer Grünpflanze. Hinter dem Hocker liegt eine schwarz-weiße Decke auf der sich der Kater Yeti entspannt. Wenn es draußen sehr kalt ist, darf Yeti immer ins Haus. Hier liegt er dann bis zum Abend, bis er auf Streife geht. In die Wohnung darf er nicht, das hat viele Gründe. Einer davon ist, dass die Wohnung, in der Stefan und Sabine wohnen, für zwei Menschen schon zu klein ist. Außerdem ist Yeti ein Freigänger und alles andere als eine Schmusekatze.

Der Kater „Nicki", Yeti's Vorgänger, war dagegen eine reine Wohnungskatze, die 17 Jahre hier in der obersten Wohnung lebte.

Gelegentlich lief der Kater schon mal durchs Treppenhaus oder durchstöberte den Dachboden. Aber Sabine und Stefan mussten immer aufpassen, dass die Haustür verschlossen war, denn draußen kannte der Kater sich nicht aus und sie hatten Angst, dass Nicki sich erschrecken und dann weglaufen würde.

Eines Tages entdeckten die beiden, dass Nicki gerne aufs Dach ging. Durch ein offen stehendes Fenster gelangte er auf dieses und von da an liebte er seine Ausflüge übers Dach. Dabei ging er manchmal hinten aus dem Wohnzimmerfenster hinaus und spazierte dann vorne durchs Schlafzimmerfenster wieder hinein.

Es kam dann auch schon mal vor, dass er durch ein offenes Fenster beim Nachbarn vorbei schaute. Oder er weckte die Nachbarn, in dem er morgens auf der Bettkante balancierte. Das passierte zum Glück aber nur einmal, denn meine Nachbarn waren nicht sehr erfreut, als Nicki zu nachtschlafender Zeit über ihren Köpfen herumtanzte.

Im Sommer brachte Nicki von seinen Ausflügen dann auch manchmal Mai- oder Junikäfer mit in die Wohnung und jagte sie dort. Das war immer eine gelungene Abwechslung für den Kater.

Im Mai 2006 bekam ich dann ein neues Dach. Im Gegensatz zu vorher, waren diese Dachziegel glasiert und fürchterlich glatt. Das wusste Nicki aber nicht. Ich hätte ihn gerne gewarnt, da war es aber schon zu spät. Mit einem Satz war er auch schon auf dem Dach. Erst die Dachrinne brachte ihn zum Stehen. Sabine und Stefan bekamen von seiner Rutschpartie nichts mit. Erst als er wieder in die Wohnung hinein wollte, hörten sie seltsame Kratz- und Rutschgeräusche. Als die beiden aus dem Fenster schauten, sahen sie ihren verängstigten Kater, der sichtlich unter Schock stand und keinen Ton heraus brachte, in der Dachrinne sitzen. Stefan erkannte die Gefahr sofort. Er holte schnell ein großes, breites Duschhandtuch und warf es in die Richtung von Nicki. Dieser ergriff sofort die Gelegenheit, krallte sich in dem Tuch fest und Stefan zog ihn in die sichere Wohnung. Seit dem war es also mit den schönen Spaziergängen übers Dach vorbei.

Das neue Dach freut mich, ich wurde ganz schön verjüngt. Denn ich falle in meiner Straße richtig auf, zumal die andere Hälfte dieses Doppelhauses schon recht verwitterte Dachziegel hat. Ich freue mich, dass ich mit 75 Jahren noch so attraktiv bin.

Sanitäter in der Not

Ich bin sozusagen ein Sanitäter und liebe meinen Beruf.
Es gibt viele von mir und wir sind ständig im Dienst.
Nur der Tod beendet unsere Aufgaben.
Wir sind ausgebildet für Verletzungen jeglicher Art,
von der Erstversorgung bis zur Heilung.
Wir sind ein Gott gegebenes, grandioses Phänomen.
Wir nennen uns Selbstheilungskräfte.

Eine 50-Wort-Geschichte

„Künstliche" Geburt

„Jetzt musst du nur noch einmal pressen", sagt der Arzt zu Lisa. Intuitiv tut sie das und siehe da, das Kleine ist auf der Welt.

„Gut gemacht", lobt der Arzt und wischt mit einem Tuch über das Kälbchen, um das Blut abzuwischen.

Ein paar Minuten später steht das Mädchen schon auf eigenen Beinen und säugt an den Zitzen der Mutter.

Nicht lange, dann wird Lisa wieder schwanger sein, damit der Milchfluss nicht abreißt.

In 18 Monaten wird auch ihr Junges Mutter werden.

Liebesfreuden mit einem Bullen werden sie aber nicht erleben, denn die Besamung erfolgt künstlich durch eine Spritze.

Eine 100-Wort-Geschichte

Von Männern und Elefanten

Es ist einer dieser bedeckten Maitage, in der die Sonne nicht weiß, ob sie sich vielleicht doch noch zwischen den dicken Wolken durchschieben kann. Oder ob die mächtigen, zum Teil dunklen Wolken gleich etwas Regen bringen werden. ‚Na ja, so ist das halt' dieses Frühjahr', denke ich mir. Und an meinen Mann, Stefan, gerichtet sage ich: „Gut, dass wir noch eine Regenjacke mitgenommen haben!" Ich freue mich, dass ich mich im Zwiebellook angezogen habe, so kann ich mich nach und nach entkleiden, falls die Sonne eventuell doch noch scheinen sollte. Im Augenblick sieht es zwar nicht danach aus, aber wer weiß. Stefan und ich haben uns dieses Jahr entschlossen, mal wieder zum Hafengeburtstag nach Hamburg zu fahren. Wir waren schon einige Male dort, meistens allerdings samstags. Ich kann mich noch an das tolle Feuerwerk erinnern, das wir an einem Samstag gesehen haben. Damals, vor ca. zehn Jahren, haben wir in Hamburg übernachtet. In diesem Jahr fahren wir abends wieder zurück. Der Hafengeburtstag, der sonst immer nur drei Tage dauert, findet diesmal an vier Tagen statt, vom 9. bis 12. Mai. Na ja, und da wir noch nie die Einlaufparade der Schiffe gesehen haben, sind wir dieses Jahr bereits am Donnerstag hier, um uns dieses Spektakel anzusehen.

Es ist noch ein bisschen Zeit, bis die Schiffe einlaufen, deshalb schlendern Stefan und ich an den zahlreichen Buden entlang, die rechts und links an den Landungsbrücken aufgestellt sind. Dort gibt es alles, was das Herz begehrt: Pommes, Pizza und Würstchen, Waffeln, Poffertjes und Crepes, Champignons, Backfisch, gebackenen Blumenkohl und andere Leckereien. Dazwischen reihen sich immer wieder Los-, Pfeil- und Schießbuden und Karussells. Es gibt Stände, an denen Zuckerwatte, gebrannte Mandeln, Paradiesäpfel usw. verkauft werden. Daneben gibt es auch

Infostände über Urlaubsregionen außerhalb von Hamburg und natürlich diverse Verkaufsstände für Schmuck, Tücher, Lederwaren und Mineralien.

An einem dieser Verkaufsstände sind wir stehen geblieben. Es ist ein Händler, der Halbedelsteine in allen möglichen Farben und Arten verkauft. Auf den ersten Blick sehe ich: Ketten, Kettenanhänger, Armbänder und Ohrringe. Beim näheren Hinsehen erblicke ich auch große und kleine Tiere, die aus dem Edelstein geschliffen wurden. Ich lasse meinen Blick schweifen. Dort in der zweiten Reihe entdecke ich einen grünen Elefanten, der total toll aussieht. Ich frage den Verkäufer aus welchem Halbedelstein dieser gefertigt wurde. „Das ist ein Malachit", antwortet der Verkäufer, „der wird in Ostnamibia abgebaut", fügt er hinzu. Mittlerweile habe ich den Elefanten in die Hand genommen und betrachte ihn genau. ‚Er ist recht schwer', ist mein erster Eindruck. Ich drehe den Elefanten um und erkenne die typische Maserung eines Malachiten (hell- und dunkelgrün gesprenkelt) und wie detailreich er geschliffen wurde. Der Elefant gefällt mir gut. „Wie viel kostet dieser Elefant?", frage ich den Händler und strecke ihm das Tier entgegen. „Dieses Exemplar verkaufe ich heute zu einem absoluten Sonderpreis von 19,- €", antwortet der Händler. Ich stelle den Elefanten zunächst wieder hin. Der Händler guckt mich an und sagt: „Der Malachit ist ein sehr kostbarer Edelstein, er wird nur an wenigen Stellen auf der Erde abgebaut, dieser kommt aus dem Osten Namibias." „Na ja", sage ich zu dem Händler, „so selten kann das Mineral dann doch nicht sein, wenn es an 8800 Stellen auf der Erde abgebaut wird!" An meinen Mann gewandt, frage ich ihn: „Was meinst du, soll ich diesen Elefanten nehmen?" Darauf antwortet mein Mann: „Willst du jetzt auch noch anfangen, Tiere aus Edelsteinen, zu sammeln? Hast du nicht genug Edelsteine? ...

Mmh... weiß' nicht, findest du den toll? Das grün... das passt nirgendwo hin! Aber das musst du selber wissen!"

In Gedanken gehe ich meine Halbedelsteine durch: Granat, Rosenquarz, Tigerauge, Dalmatiner Jaspis, Lapislazuli, Amethyst, Koralle, Jade. Aber das sind alles Ketten. Ein Tier habe ich noch nicht. Ich schaue nach Stefan, wo ist er? Eigentlich wollte ich ihn noch einmal befragen, aber er steht abseits der Bude, rufen kann ich ihn aus dieser Entfernung nicht. Ich überlege noch einen kurzen Augenblick. Dann stelle ich den Elefanten zurück und gehe zu meinem Mann.

Der nörgelt schon wieder herum, ihm täten die Füße weh, er könne nicht mehr laufen und Hunger hätte er auch. Na ja, Hunger habe ich mittlerweile auch bekommen. „Lass uns was zu essen holen!", sage ich zu meinem Mann. „Worauf hast du Appetit?", frage ich ihn. „Ich hol mir einen Backfisch!", antwortet er. ‚Typisch', denke ich und antworte: „Na klar, was denn sonst!" „Ich gehe da vorne hin und hole mir einen Crepe!", dabei zeige ich mit dem Finger auf die Crepes-Bude. „Treffen wir uns hier an dieser Stelle gleich wieder?", frage ich noch meinen Mann. Der antwortet nicht und im gleichen Augenblick ist er auch schon verschwunden. ‚Hat er überhaupt gehört, was ich gesagt habe?', geht es mir durch den Kopf. Ich hole mir also einen warmen, lecker-fruchtigen Apfelmus-Crepe und stelle mich an die Stelle, an der wir uns getrennt haben. Meinen Blick lasse ich schweifen. Gegenüber meines Standortes ist die Backfisch-Bude. ‚Da muss Stefan sein', denke ich und schaue mir die wartenden Menschen an dieser Bude an. ‚Aber da ist er nicht, ...mmh, wo ist er nur? Na ja, der wird ja wohl gleich wiederkommen. Hoffentlich weiß er auch Bescheid, dass wir uns hier wieder treffen wollen und steht nicht irgendwo anders. Ahh, ... dass der nicht zuhören kann', geht es mir durch den Kopf.

Als ich meinen Crepe aufgegessen habe, kommt Stefan endlich mit seinem Backfisch daher. „Wo warst du?", frage ich ihn. „Musste der Fisch erst noch gefangen werden?", witzele ich herum. Er antwortet: „Ich habe mir den Fisch dort hinten an der Bude geholt, weil es hier vorhin so voll war. Dort musste ich dann aber auch noch etwas warten, aber jetzt bin ich hier!" „Guten Appetit!", antworte ich und bin froh, dass ich meinen Mann nicht suchen musste. Nachdem Stefan seinen Backfisch aufgegessen hat, schlendern wir weiter über den Hafengeburtstag.

Abends im Bett denke ich noch einmal über den schönen Tag in Hamburg nach, als ich plötzlich in meinem Nacken etwas Hartes fühle. Ich sehe nach, was mich dort piekt und entdecke den grünen Malachit-Elefanten, den mein Mann dort versteckt hat.

Brief an einen lieben Freund

> **Es gibt keinen Weg zurück – Weißt du noch wie's war –**
> *Kinderzeit – wunderbar – Die Welt ist bunt und schön.*

Wenn wir diesen Text von der Gruppe Wolfsheim hören, erinnern wir uns an dich.

Wir erinnern uns gerne an dich: Du warst ein Mensch, der unser Leben bereichert hat. Du warst freundlich, geduldig, pflichtbewusst und hilfsbereit. Auf dich konnten wir uns hundertprozentig verlassen. Wenn du etwas zugesagt hast, hieltst du auch dein Versprechen. Du warst immer für uns da. Mit dir hatten wir viel Spaß.

Und wir waren für dich so wichtig, wie die Luft zum Atmen. Dass hast du uns darin gezeigt, dass du immer für uns Zeit hattest, du gerne etwas mit uns unternommen hast. Du warst ein guter Freund. In dreizehn gemeinsamen Jahren haben wir dich kennen und schätzen gelernt.

> **Ach und könnt' ich doch nur ein einz'ges Mal die Uhren rückwärts dreh'n –**
> *Denn wie viel von dem, was ich heute weiß – Hätt' ich lieber nie geseh'n.*

Wir haben zwar die Zeichen der Zeit gesehen, aber nicht erkannt, dass du sterbenskrank warst. Du wusstest es selber auch nicht. Du hast dich nie aufgegeben. Krankfeiern war nicht dein Ding. Monatelang sahst du zwar schlecht aus, aber eine Lungenentzündung dauert bis sie ausgeheilt ist – sagte dir auch die Medizin. So gingst du pflichtbewusst deinem Job nach – trotz Schmerzen.

Und organisiertest eine Fahrt, eine Besichtigung und tausend andere Dinge. Du hast dich für uns eingesetzt.

Und dann ging alles ganz schnell. Wir erfuhren, dass du todkrank bist – da wusstest du selber noch nichts davon – es bestand keine Hoffnung. Wir besuchten dich, mussten Tränen unterdrücken, damit du nichts merkst. Du warst wie immer: gut gelaunt, freundlich, hast dich mit uns unterhalten – lediglich die Tatsache, dass du Sauerstoff bekamst, damit du besser atmen konntest, ließ uns erkennen, dass du nicht mehr du warst – sonst warst du wie immer.

Unfassbar, aber schon am nächsten Tag bist du nach zwölf Tagen Krankenhausaufenthalt gestorben. Für dich war es gut, dass deine Krankheit nicht früher erkannt wurde, denn aufzuhalten wäre sie nicht mehr gewesen.

Wir vermissen dich, nichts ist mehr, wie es war. Wir müssen lernen, damit zu leben. Wie heißt es: Die Zeit heilt alle Wunden.

> **Immer vorwärts, Schritt um Schritt – Es gibt kein Weg zurück –**
> *Was getan ist, ist getan – Was jetzt ist, wird nie mehr ungescheh'n.*

Aber dennoch wird es schwer für uns werden. Wir werden uns immer gerne an dich erinnern. Du bleibst in unserer Mitte. Du warst ein guter Freund.

> **Dein Leben dreht sich nur im Kreis – So voll von weggeworfe-
> ner Zeit –**
>
> *Deine Träume schiebst du endlos vor dir her – Du willst noch leben*
> *irgendwann – doch wenn nicht heute, wann denn dann?*
> *– Denn irgendwann ist auch ein Traum zu lange her.*

Du hattest auch einen Traum. Ab November 2014 wolltest du
wieder besser leben, dir mehr gönnen, da dann finanzielle Ein-
schränkungen weggefallen wären. Dieser Traum ist für dich leider
nicht in Erfüllung gegangen.

Dein Tod mit 52 Jahren macht mir einmal mehr bewusst, dass
nichts ewig ist. Du warst also der Erste in unserer Gruppe. Andere
werden dir folgen.

> *Die Zeit läuft uns davon.*

Deine Tragödie hat mir gezeigt, wie wichtig es ist, seinen Traum
zu leben und nicht auf bessere Zeiten zu warten. Irgendwann ist
der Traum zu lange her. Deshalb erfülle ich mir jetzt meinen
Traum. Ich wollte immer schon mal Stepptanz lernen oder New
York besuchen. In 2015 lebe ich diesen – meinen Traum!

Liebeserklärung

Ich habe dich unheimlich gerne.

Es ist einfach fantastisch, auf welche Art du mich wärmst und mit mir kuschelst.

Wie cool du daherkommst – du bist einfach schick.

Ich steh' auf dich – wir gehören zusammen.

Dabei faltet sie ihr rotes Lieblingstuch zusammen und legt es in die Schublade der Schlafzimmerkommode.

Eine 50-Wort-Geschichte

Ein guter Vorsatz lebt meist nicht länger als der Kater am nächsten Tag.

Von Monstern und Pickeln

Ich kann mich noch gut an meine Schulzeit an der Möser-Realschule II, die ihren früheren Standort an der Hakenstraße hatte, erinnern. Ich glaube, baulich hat sich seit damals nicht viel getan. Die Schule war ein Altbau mit großen, breiten Treppen. Hohe Decken gab es in den Klassenräumen, die alle zweckmäßig, aber nicht schön, eingerichtet waren. Das Mobiliar war alt und abgestoßen. Dass Lehrerzimmer befand sich in meiner Erinnerung in der ersten Etage; eine schwere Tür, die keine Klinke, sondern nur einen Knauf hatte, riegelte sozusagen das Zimmer vom restlichen Schulbetrieb ab. Wir Schüler mussten anklopfen und warten, bis uns die Tür geöffnet wurde; erst dann konnten wir mit dem Lehrer sprechen. Aber wir kamen nie ins Lehrerzimmer hinein; der Lehrer kam immer heraus.

Wenn es zum Unterrichtsbeginn klingelte, erhoben sich alle Schüler und begrüßten die Lehrer mit einem „Guten Morgen". Nachdem der Lehrer diesen Gruß erwiderte, setzten sich alle. Dieses Ritual wiederholte sich bei allen Lehrern, die wir das erste Mal an diesem Tag sahen.

Mit meinen 14 Jahren war ich ein relativ schüchternes, ängstliches Mädchen. Da ich Einzelkind war, gab es keinerlei Austausch, wie es zwischen Geschwistern möglich gewesen wäre und mit meinen Freundinnen, die ich außerhalb der Schule kannte, sprachen wir nur über die Schule im Allgemeinen.

Meine Lieblingsfächer waren Erdkunde, Geschichte und Kunst. Aber meine mündliche Beteiligung am Unterricht war meistens nicht vorhanden. Ich meldete mich nur, wenn ich die Antwort hundertprozentig wusste. Manchmal musste ich allerdings etwas sagen, weil ich aufgerufen wurde. Im Fach Geschichte konnte ich meistens glänzen, weil ich mir die Geschichtsdaten so gut merken konnte und wir zu Hause häufig einen Text zusammenfassen und in der nächsten Unterrichtsstunde wiedergeben mussten.

Zum Lernen bin ich gerne in die Schule gegangen, wenn nur die Pausen nicht gewesen wären. Wenn es zur Pause klingelte, stürmten die meisten sofort hinaus; ich dagegen freute mich, wenn ich noch die Tafel putzen konnte und deshalb die Pause etwas kürzer ausfiel. Oder wenn es regnete, denn dann durften wir im Gebäude bleiben. Meine Schulfreundin und ich liefen dann durch die Gänge, die die Möser-Realschule II mit der I verbanden und brauchten so nicht auf den Schulhof. Wenn es aber nicht regnete, gingen meine Schulfreundin Sabine und ich für eine Viertelstunde nach draußen und liefen über die Höfe. So weit wie möglich mied ich den Pausenhof wie die Pest, denn dort wurde ich nämlich mehrmals wöchentlich von einer Mitschülerin verbal attackiert. Jedes Mal lieh sie sich Geld von mir und ich wusste, dass ich es nie oder höchstens nur zum Teil zurück bekommen würde und obwohl ich es wusste, wehrte ich mich nicht und gab ihr fast jedes Mal das verlangte Geld. Ich ärgerte mich maßlos darüber, besonders über mich, da ich immer wieder auf sie reinfiel; geändert habe ich an dieser Situation aber nichts.

Auch die Tatsache, dass ich als fleißige, folgsame Schülerin, die meistens ihre Hausaufgaben zu Hause erledigt hatte, nun genötigt wurde, diese Aufgaben an Mitschüler zur Abschrift weiterzugeben, ärgerte mich maßlos. An manchen Tagen habe ich stundenlang an diesen Aufgaben gesessen und meine Mitschüler „kopierten" sie einfach. Bereits auf dem Weg zur Schule, im Bus oder direkt vor Unterrichtsbeginn wurden die Aufgaben häufig abgeschrieben. Damals hatte ich nicht den Mut, nein zu sagen. Na ja, aber das war letztendlich das kleinere Übel.

Schlimmer empfand ich die Anfeindungen, wenn ich dann doch einmal meinen Mund auftat und eine Ungerechtigkeit seitens einer Mitschülerin äußerte. Dann stellten sich alle auf die Seite der Mitschülerin und ich wurde fertig gemacht.

An eine Begebenheit kann ich mich noch sehr gut erinnern und heute, wenn ich darüber nachdenke, noch empfinden, was ich damals empfunden habe. Die Mitschülerin, der ich immer Geld lieh, nannte einen sexuellen Begriff, den ich noch nie gehört hatte. Wochenlang wurde ich mit meiner Wissenslücke konfrontiert. Alle haben sich darüber amüsiert und immer wenn ich über den Schulhof ging oder durch das Gebäude lief, glaubte ich, jeder wüsste Bescheid. Es war schrecklich, am liebsten hätte ich ein paar Wochen Ferien gehabt.

So habe ich einige meiner Mitschüler als wahre Monster empfunden. An den meisten Tagen war der Unterricht zum Glück um 13.00 Uhr beendet. Dann begann für mich das Leben, meine Erholung. Tja, Mobbing gab es damals auch schon.

Doch zu allem Überfluss gab es dann ja noch das Problem mit den Biestern. Die Biester, die jederzeit allgegenwärtig waren, denen konnte man auch nicht entfliehen. Was hätte ich darum gegeben, sie loszuwerden, aber sie blieben noch etliche Jahre bei mir. Wenn ich tagsüber in den Spiegel schaute, sprachen die Biester zu mir: „So wie du aussiehst, willst du gleich zum Geburtstag gehen? Das kann doch nicht dein Ernst sein! Am besten bleibst du zu Hause!" Häufig kamen mir die Tränen bei diesem Anblick. „Drück mich aus!", rief der dickste Pickel. Sekundenschnell überlegte ich, ob es ratsam wäre, dies zu tun. Doch man sollte es ja nicht tun, um Narben zu vermeiden. Und wieder rief der Pickel: „Auf was wartest du? Nun quetsch' mich schon aus, so kannst du dich doch nicht auf die Straße wagen!"

Damals wäre es schön gewesen, manche Klassenkameraden, wie meine Pickel einfach auszudrücken. Dann wären mir sicherlich einige Tränen erspart geblieben.

Aber stattdessen las ich viel über die Entstehung und Behandlung von Pickeln: Verzicht auf den Verzehr von Schokolade, Wein und Käse. Na ja, Wein habe ich damals noch nicht getrunken. Aber auf die anderen Lebensmittel habe ich zumindest eine Zeit lang verzichtet; das Problem war damit aber nicht aus der Welt. Ich habe alles ausprobiert: Zahnpasta, Abdeckstifte, Heilerde-Masken, auch diverse Cremes, Lotionen und Tinkturen vom Hautarzt. Ich wurde zwar zu einer Art „Pickelspezialistin", aber nichts hat langfristig geholfen.

Die Pickel verfolgten mich noch etliche Jahre. Und auch heute noch habe ich gelegentlich einen oder mehrere Pickel, doch heute weiß ich:

Die Zeit heilt alle Pickel.

Hermann

„Ich hab' schon mit dir gerechnet, dass du kommst", sagt Hermann zu mir.

„Wollen wir bei dem schönen Wetter in den Garten gehen, dann können wir uns besser unterhalten?", schlage ich vor. Sein kurzes „Ja" abwartend, öffne ich ihm die Tür und er rollt mit seinem Rollstuhl in den Garten. An einer der Häuserwände steht ein Stuhl, auf dem ich Platz nehme. Hermann stellt sich mit seinem Rollstuhl daneben. Ich frage ihn, wie es ihm geht und er antwortet wie immer mit: „Gut". Er erzählt mir, was sich in den letzten Tagen seit meinem Besuch ereignet hat und auch ich berichte von meinen Erlebnissen.

Doch dieses Mal schweifen meine Gedanken ständig ab. Sie kreisen um meinen gestrigen Geburtstag. Eine Geburtstagskarte von ihm ist nicht angekommen. Wird er mir gleich noch gratulieren? Er erzählt mir von seinem Arztbesuch. Aber das kann doch nicht sein, dass ihm mein Geburtstag entfallen ist! Bestimmt fällt es ihm gleich wieder ein!

Solange ich denken kann, hat er mich entweder zu meinem Geburtstag besucht oder mir zumindest eine Karte geschickt. Dieses Jahr war es das erste Mal, dass ich keine Glückwunschkarte von ihm bekommen habe. Auch letztes Jahr, da war er auch schon hier im Pflegeheim, bekam ich wie immer eine handgeschriebene Geburtstagskarte. Aber dieses Jahr? Soll ich ihm erzählen, warum ich ihn dieses Mal nicht auf einem Donnerstag besucht habe?

Ich werde sehr traurig. Ich könnte weinen. Aber ich reiße mich zusammen. Damit ist keinem geholfen! Was kann ich tun, damit er sich wieder daran erinnert? Soll ich ihm sagen, dass ich gestern Geburtstag hatte? Nein, das kann ich nicht tun! Dann würde er wahrscheinlich merken, dass ihn sein Gedächtnis im Stich lässt und er wäre vermutlich sehr betrübt.

Bei meinem nächsten Besuch, eine Woche später, erzähle ich ihm, dass ich am letzten Donnerstag, dem 26. Juni nicht kommen konnte, weil ich mit einer Freundin verabredet war. Aber auch diesmal zeigt er keine Reaktion.

Diese Tatsache stimmt mich sehr traurig. Ich kenne ihn mein ganzes Leben. Ich war immer sein Liebling, von Kindesbeinen an. Doch jetzt muss ich erkennen und akzeptieren, dass er zwar nicht bei jedem Besuch, aber peu a peu ein bisschen von seiner Identität verliert und alle paar Wochen weniger der Mensch ist, den ich kenne und liebe.

Durch's Nadelöhr

Als wir die Straßenbahn verlassen, erkennen wir von Weitem schon den tristen, grauen Vorbau, der sich unmittelbar mit dem dahinterliegenden Bahnhof verbindet. Je näher wir dem Bau kommen, desto mulmiger wird unser Gefühl. Meine Mutter sagt noch kurz: „Wären wir man schon im Zug!", dann betreten wir auch schon diesen extrem ausgeleuchteten Neonlampen überladenen Saal.

Im gleichen Augenblick kommt uns ein furchtbarer Mief entgegen. Verbrauchte Luft gepaart mit dem Geruch von schlecht gegerbten Leder. Wir folgen den Schildern, die unter der Decke hängen. In die Schlange der „Tagesvisa" reihen wir uns ohne zu sprechen ein. Jetzt gibt es kein Zurück mehr. Da müssen wir nun durch. Und was bleibt uns auch übrig, wir müssen das Land heute verlassen, können nicht bis morgen bleiben.

Meine Mutter holt schon mal die Reisepässe aus der Tasche und gibt sie meinem Vater. Schrittweise nähern wir uns einer Kabine, dem Ziel. Die vordere Tür dieser Kabine ist heute geöffnet, sodass ich schon hineinschauen kann. Ich erkenne von Weitem den großen, nach vorne gekippten Spiegel an der linken, oberen Seite der Kabine.

Alle Menschen in der Schlange verhalten sich ruhig, wir auch. Wir sprechen nicht laut, wir flüstern nur, wenn es überhaupt notwendig ist, wir lachen, kauen oder trinken nicht.

Obwohl das mit dem unterdrückten Lachen bzw. Lächeln für mich schwierig ist, weil einige Uniformierte, die sich in dem Saal befinden, uns ständig mit Argusaugen beobachten und in ihrer

Ernsthaftigkeit schon wieder komisch wirken. Dennoch bleibe ich standhaft. Kein Lächeln huscht über mein Gesicht.

Im Schritttempo nähern wir uns der Kabine, die einzeln betreten werden muss. Bei Kindern wird eine Ausnahme gemacht. So betreten mein Vater und ich zusammen die Kabine. Hier fühle ich mich wie in einem Trichter.
Rechts von uns ist ein hoher Tresen mit einer Glasscheibe darüber. Hinter diesem Tresen sitzt ein uniformierter Beamter, niemand kann ihm entrinnen.

Ohne Begrüßung fragt er im scharfen Tonfall „Grund ihres Besuches in der Deutschen Demokratischen Republik?" Mein Vater antwortet: „Wir waren zur Jugendweihe meiner Nichte eingeladen!" Der Beamte macht eine Handbewegung, die meinen Vater veranlasst, ihm die Reisepässe zu geben.

Meinen Kinderausweis, den mein Vater ihm mit seinem Pass aushändigt, schaut er besonders kritisch an. Dann verschwindet seine Hand hinter dem riesigen Tresen, der keine Einsicht gewährt. Wieder schaut er mich an, dann vermutlich das Bild meines Ausweises. Eine gefühlte Ewigkeit geht das so. Mich anschauen – Bild anschauen.

Mit einer mürrischen Bemerkung, die nicht verständlich ist, gibt er meinem Vater die Ausweise zurück und betätigt den Türöffner an der hinteren Kabinentür. Wir treten hinaus aus der Kabine und warten dort noch ein paar Minuten auf meine Mutter, bis auch sie durch die Kontrolle zu uns kommt.

Bevor meine Mutter die Ausweispapiere wieder in der Tasche verstaut, sage ich zu den beiden: „Wenn die mich reinlassen, müssen die mich auch wieder rauslassen!" Dabei schaue ich mir mein Bild des Kinderausweises an. Unzweifelhaft sehe ich auf diesem Bild wie ein Junge mit kurzen Haaren aus. Mittlerweile trage ich mein Haar aber wieder lang.

Nervös verstaut meine Mutter die Papiere und wir bewegen uns in Richtung Eisentür. Diese Tür ist so dick und schwer, dass man vermutlich seine Hand verlieren würde, würde sie darin eingeklemmt. Hinter uns fällt die wuchtige Tür ins Schloss. Und uns fällt ein Stein vom Herzen.

Erleichtert atmen wir alle aus. Jetzt nur noch die nächste Bahn nach Westen nehmen. Wir fahren mit der langen Rolltreppe zum Bahnsteig hinauf. Der Zug nach „Westend" steht schon am Gleis. Wir betreten den Zug und sind drei Stationen weiter am Bahnhof Zoo.

So geht der Tagesausflug zur Jugendweihe meiner Cousine Beate in Ostberlin zu Ende. Beim nächsten Mal beginnt die Beklemmung von vorne. Bis zum 9. November 1989...

Reizzustände

Jahrelang wurde uns erzählt wie schön Giethoorn – das Örtchen in den Niederlanden sei und wir sollten doch einmal dort hinfahren. Das taten wir dann auch an Pfingsten 2018. Das waren unsere Eindrücke:

Parkprobleme – Eingepferchtsein in der Barkasse – Nackenschmerzen wegen ständigen Kopfdrehens – Verständigungsprobleme – Entenjagen – Verfolgungswahn anderer Boote – knarrendes Holz – prallende Paddel – Stimmengewirr - plätscherndes Wasser – kurzzeitige Entspannung – Menschenmassen – Fahrtwind auf der Haut – angenehmes Gefühl – wehende Haare – Kältegefühl – Kentern eines Katamarans – unfreiwilliges Bad des Mannes vom Katamaran – angenehme Gedanken, dass das Wasser nur 1 m tief ist – Wasserspritzen – Nässe in der Barkasse – Johlen über die Nässe – Schaukeln des Bootes – Anlegen des Schiffes – fester Boden unter den Füßen – Restaurantbesuch – Tische wie in der Kantine – Fettgeruch – fünf Gerichte – hohe Preise – Essen schlecht – lange Schlangen beim Toilettengang – schmale Wege – viele Menschen – Gänsemarsch – kaum Bänke – brütende Hitze – Schattenplatz im Lokal – Warten auf Bedienung – gereizte Stimmung – andere Gäste verlassen Lokal – Bestellung aufgenommen – Wartezeit beim Bezahlen – niedlicher Ort – viel zu voll – langsam schlurfende Fortbewegung – lange Schlangen vor Imbiss- und Eisständen – Reiz des Neuen befriedigt – eventuell Wiedersehen in 30 Jahren – wenn nicht, auch kein Problem.

Eine Verdorbene kommt selten allein

Es war so ungefähr vor 25 Jahren, um diese Zeit, als ich das erste Mal Kontakt mit der Verdorbenen hatte. Sie schmeckte mir an diesem Abend ausgezeichnet. Erst zu Hause merkte ich, dass etwas nicht stimmte. Tagelang quälten mich Unwohlsein, Bauchschmerzen, Übelkeit und Durchfall. Als es dann irgendwann schon etwas besser wurde, ging ich zum Arzt. Der meinte, es könnte eine Salmonellenvergiftung gewesen sein. Eine Stuhlprobe, die Bestimmtheit gegeben hätte, ließ ich nicht mehr durchführen, weil es mir mittlerweile schon wieder besser ging. Seitdem mache ich einen großen Bogen um diesen Weihnachtsmarktstand. Ich habe eine regelrechte Apathie gegenüber der Geflügelleber entwickelt.

Mein nächstes Erlebnis in dieser Richtung war wesentlich schlimmer und peinlicher. Zu Silvester 2009 hatten mein Mann und ich mit zwei befreundeten Paaren ein Ferienhaus am Rande des Edersees gemietet. Ein tolles Haus zur Alleinbelegung mit zwei luxuriösen Badezimmern.
Wie jedes Mal wenn wir über Silvester zusammen wegfuhren, kochten wir unser Silvesteressen selber. Es sollte lecker sein, aber auch nicht so viel Zeit in Anspruch nehmen. Anschließend wollten wir nämlich Brettspiele spielen und ausgiebig feiern. So entschieden wir uns für Hähnchenfleisch in Rahmsauce mit Reis und Salat. Der Tisch wurde von uns Frauen liebevoll gedeckt und auch die Raumdeko kam nicht zu kurz.

Ich kann mich noch genau erinnern, dass ich die Erste war, die gleich nach dem Essen den Tisch mit der Bemerkung verließ: „Ich komme gleich wieder!" Aber ich kam nicht wieder. Kurze Zeit später folgte mir mein Mann. Beide lagen wir im Bett und uns war kotzübel. Zwischendurch liefen wir zum Klo, dann wieder zurück ins Bett.

Nach und nach soll sich dann die Essenstafel unten aufgelöst haben. Nur meine Freundin spürte nichts. Sie war die Einzige, die zum Jahreswechsel auf dem Balkon stand und sich das Feuerwerk über dem Edersee ansah. Wir anderen bevölkerten im Wechsel die zwei Badezimmer des Hauses. Die Luftzufuhr, die bei einer solchen Sitzung notwendig ist, lieferten die geöffneten Fenster. So verbrachten wir den Silvesterabend auf dem Klo.

Wir können nur erahnen, wie wir in dieser Nacht auf andere Gäste in den weiteren Ferienhäusern und –wohnungen gewirkt haben. Um 0.00 Uhr war jedenfalls keiner von uns vor der Tür, aber man hörte uns keuchend und stöhnend durch die geöffneten Fenster. Vermutlich dachten die anderen Gäste an eine Massenorgie, die wir im Hause abhielten.

Am 2. Januar 2010 sind wir dann alle, noch relativ schwach, vorzeitig wieder nach Hause gefahren. Erst vier Jahre später, als wir wieder dieses Haus mit den zwei Badezimmern über Silvester mieten wollten, berichtete ich dem Vermieter von unserem Massenphänomen von damals. Ob er mir das geglaubt hat, weiß ich nicht. Ich weiß aber, dass wir seit diesem Zeitpunkt am Silvesterabend jetzt immer essen gehen oder uns Essen bringen lassen. Man lernt ja nie aus.

Wellnessbereich Fußgängerzone

Vor Kurzem wurde bekannt, dass Osnabrück eine neue Fußgängerzone bekommen soll. Aber keine stinknormale, wo Fußgänger unter sich sind, sondern eine besondere. Der Neumarkt soll aufgemöbelt werden. Es soll ein Platz zum Verweilen entstehen – mit Wasserspielen und Freiluftlokalen. Kurz und gut – der Neumarkt soll Fußgängerzone werden. Was für eine grandiose Idee!

Ja, das Gute liegt manchmal so nah!? Die Menschen in den Straßencafes und auf den Bänken dürfen sich auf kostenlose Inhalationen freuen, wenn täglich 2000 Diesel-Busse und der Anlieferungsverkehr diesen Platz passieren. Wo in der Innenstadt besteht sonst die Möglichkeit, sitzend, sozusagen in Augenhöhe der Emissionsquelle, zu inhalieren?

Ein weiterer Vorteil ist, dass die neue Fußgängerzone ein gutes Sporttraining bietet. Alle Passanten, die sich auf ihr bewegen, tun automatisch etwas für ihre Gesundheit. Man weiß ja – Sport tut gut – und das Tempo ist je nach Person und Geduld individuell veränderbar. Denn gemäß der Frage: Wer bewegt sich schneller, Passant oder Bus?, ist der sportliche Aspekt zu sehen. Und zur Not kann man das Gehtempo des Passanten ruhig etwas steigern, indem der Busfahrer zwar nicht hupt, aber seine dezent ertönende Klingel betätigt.

Und falls es wegen übermäßigem Konsum der Inhalation zu Unwohlsein oder zu Unfällen mit Bussen oder Zulieferern kommt – kein Problem! Das blaulicht-ertönernde Krankenhaus-Zulieferer-Fahrzeug hat jederzeit freie Fahrt.

Sie sehen also, was für eine grandiose Idee es ist, wenn der Neumarkt Fußgängerzone wird!

So fühle ich

Hallo, ich bin ganz aus dem Häuschen, weil man mich mal wieder zu Wort kommen lässt! Ich will mich nur kurz vorstellen, denn eigentlich kennt man mich bereits. Vor ungefähr drei Jahren habe ich mir schon mal ein Herz gefasst und geschildert *„So bin ich"*. Ich bin zwar immer noch Jahrgang 1938, aber mittlerweile somit schon 79 Jahre alt und im Alter, das weiß jeder, wird man komisch. Was ich darunter verstehe, erkläre ich später. Ich möchte heute einfach über meine Gefühle in diesem Alter sprechen.

Wie ich bereits damals erzählt habe, betritt man mich durch eine schwere Eichentür. Nach vier Stufen erreicht man die erste Wohnungstür. Und hinter dieser Tür beginnt die Gegebenheit, die mich veranlasst hat, über meine Gemütslage zu sprechen. Im Gegensatz zur Katze Yeti, die hier auch wohnt und immer am Quatschen ist, weil sie dieses oder jenes will, bin ich eigentlich ein stiller Zeitgenosse. Zwar mache ich mich auch manchmal an ein paar Stellen mit einem Quietschgeräusch im Unterbau bemerkbar, aber von einem aufdringlichen Sprechen kann nicht die Rede sein.

Was meine neuen Bewohner allerdings stört, ist mein mehr oder weniger lautes Knacken im Gebälk des Schlafzimmers. Man muss sich das wie einen plötzlichen Schluckauf vorstellen, der mich überkommt. Ich mache das nicht mit Absicht, vielleicht indirekt. Ich habe schon überlegt, woran es liegt. Vielleicht bin ich verärgert darüber, dass ich nun so schwere Lasten zu tragen habe. Denn vor vier Monaten bekam ich einen riesigen Kleiderschrank aufgebürdet und vor drei Wochen kam noch ein Doppelbett inklusive neuen Bewohnern hinzu.

Zwischen meinen Schluckaufs vergehen zwischen einigen Minuten und einigen Stunden. Bislang habe ich meine Bewohner damit regelmäßig genervt. Letztendlich bin ich alt und Alte sind manchmal etwas sonderlich, vor allem, wenn man sechs Jahre auf sich gestellt war. Letztendlich freue ich mich aber, aus dem Schattendasein herausgekommen zu sein.

Lange Zeit stand ich leer. Jeder Tag war wie der andere. Nichts erlebte ich.

Und jetzt muss ich mich erst einmal damit anfreunden, denn jetzt hat sich alles geändert. Ich werde gebraucht. Dass alles groß und schwer auf mir lastet, daran werde ich mich sicherlich noch gewöhnen. Ich hoffe für alle Beteiligten, dass mein Schluckauf bald der Vergangenheit angehört und wir alle gemeinsam ein schönes Leben führen können.

Winter in der Wüste

Winter und Wüste – eigentlich schließt sich das von vornherein schon aus. Ja, wenn man an die Sandwüste mit 50 Grad Celsius und mehr denkt.

Aber es gibt auch eine Wüste, die im Allgemeinen nicht so heiß wird. Die Rede ist vom bevölkerungsreichsten und beliebtesten Stadtteil Osnabrücks, dem Stadtteil Wüste mit seinen über 14.000 „Wüstlingen". Dabei bezeichnet das Wort „Wüste" eine Landschaft, die „wöst" – also wüst und leer ist. Daher der Name „Wüste".

Und es gibt noch eine Kuriosität in Osnabrück, neben dem Stadtteil Wüste. Moskau liegt in der Wüste. „Hä", werden Sie jetzt sicherlich sagen, „das stimmt doch gar nicht." Doch, mit Moskau ist nämlich nicht die russische Hauptstadt gemeint, sondern ein Schwimmbad mit diesem Namen. Früher wurde das Schwimmbad offiziell als Neustädter Freibad betitelt. Die meisten Osnabrücker sagten aber auch damals schon, „... wir gehen ins Moskau."
Vor ungefähr 20 Jahren wurde dieses alte Bad, dessen Tribüne unter Denkmalschutz steht, renoviert und um ein Hallenbad erweitert. Nach dem Umbau gab man dem Schwimmbad dann offiziell den Namen Moskau(bad).

Warum es zu dem Namen „Moskau" kam, ist nicht geklärt. Eine Vermutung ist, dass das Moskau von zwei Seiten in eine Kleingartenkolonie eingebettet ist, in den 1920er Jahren von russischen Kriegsgefangenen angelegt wurde.

Na ja, aber es geht ja, wie in der Überschrift betitelt, um Winter in der Wüste. Und hier ist es nicht anders als in anderen Großstädten. Vielleicht mit dem Unterschied, das Osnabrück nur ca. 168.000 Einwohner hat und die Wüste ein sehr grüner Stadtteil ist, mit zahlreichen Gärten und altem Baumbestand, vielen Wiesen und Feldern. Darüber hinaus gibt es einen Graben, den Pappelgraben, mit parkähnlichem Charakter und zwei Seen, den Wüsten- und den Pappelsee.

Hohe Straßenbäume säumen die Hauptstraße (Rehmstraße), die in den Stadtteil führt.

Hier fühlen sich nicht nur die Menschen wohl, sondern auch die Tiere, die hier, gerade im Winter zahlreiche Futterstellen vorfinden. Zu den „Minutengästen" gehören unterschiedliche Wildvögel, wie Amseln, Meisen, Rotkehlchen, Dompfaff, Eichelhäher, Elstern, Krähen, Tauben, aber auch Kaninchen, Igel und Eichhörnchen gehören zu den Gartengästen.

Die Tierwelt in der Winterwüste ist abwechslungsreich. Viele unterschiedliche Gäste fühlen sich wohl und glücklich hier.

Im Übrigen wurde in den 1990er Jahren des letzten Jahrhunderts durch eine Untersuchung herausgefunden, dass in Osnabrück die glücklichsten Menschen Deutschlands leben. Und ich gehöre dazu. „Ich komm' zum Glück aus Osnabrück."

Neumarkt-Tunnel – Ade

Aus – vorbei! Nach 50 Jahren bin ich nun gestorben. Mein Leiden zog sich schon viele Jahre dahin. Begonnen hatte alles, soweit ich mich erinnere, vor 13 Jahren, als sie über mir eine Fußgängerampel installierten. Von da an ging es mit mir erst richtig bergab, denn die wenigsten wollten mich noch durchqueren.

Euphorisch wurde ich vor 50 Jahren von den Osnabrückern empfangen. Es kostete viel Mühe, Zeit und Geld, bis ich 1964 geboren wurde. Es wurde ja nicht nur die Erde ausgehoben. Nein, etliche Kilometer Versorgungsleitungen (Wasser, Abwasser und Strom) mussten durch mich hindurch verlegt werden.

Die Osnabrücker frequentierten mich, sie liebten mich. Ich war ein Stück Lebenskultur.

Irgendwann reichte der Platz in mir nicht mehr aus, denn alle wollten dabei sein. So wurde ich erweitert. Das war in den Siebzigern. Das tat mir gut. Fortan pulsierte das Leben noch mehr in mir. Ich war eine kleine unterirdische Stadt in der Stadt.

In mir gab es zahlreiche Läden, z. B.: Bäcker, Fleischer, Obst- und Gemüse-, Käse- und Suppenladen, Cafe, Imbiss, Rauchwaren, Schuster, Zeitungskiosk, Plattenladen, Lottoannahmestelle, Blumen, Schmuck, Teeladen, Reisebüro und auch ein Laden mit Süßwaren.

Eine Tunnelaufsicht beobachtete das Geschehen in mir. Öffentliche Toiletten, ein Passbildautomat und eine Telefonzelle ergänzten das Angebot. Mittags, nach der Schule, marschierten unzählige Schülergruppen durch mich hindurch, um ihren Bus zu erreichen. Ich war Treffpunkt vieler Jugendlicher. Da es damals einen Fußgängerüberweg noch nicht gab, war ich immer voll von Leuten und Leben. Ich gehörte einfach zu Osnabrück, wie das KaDeWe zu Berlin.

Am Ende der neunziger Jahre wurde ich modernisiert. Das ist an und für sich eine gute Sache. Aber ich weiß nicht, woran es liegt, dass es für mich nicht so optimal lief. Vielleicht lag es an den beliebten Läden, die oberhalb von mir neu eröffnet wurden. Jedenfalls wurde ich nicht mehr so häufig durchquert wie zuvor.

2005 wurde ich dann noch einmal umgebaut und verkleinert. Das half mir aber überhaupt nicht mehr. An sich war es eine schöne Idee, mich mit Läden und kleinen Essenslokalen neu beleben zu wollen. Doch für viele Osnabrücker war es vermutlich inzwischen unvorstellbar, in einem dunklen Loch zu essen oder die Bekleidung unter Kunstlicht auszusuchen.

Vielleicht wäre mein Untergang noch aufzuhalten gewesen, wenn es die Ampel nicht gegeben hätte, die es den Osnabrückern seitdem erlaubte, den Neumarkt jetzt oberirdisch zu überqueren.

Es kam, wie es kommen musste. 2011 wurde beschlossen, mich zu schließen. Im letzten Jahr ist bereits begonnen worden, mich zuzuschütten.
Und ab Mai dieses Jahres beginnt und endet mein letztes Kapitel.
Dann wird auch mein ältester Teil zugeschüttet.
Hinter mir liegen dann 50 Jahre Osnabrücker Lebenskultur mit allen Höhen und Tiefen.
Ich hoffe, es bleiben vor allem die schönen Erinnerungen an mich.

Zitronenpalaver

Was haben Sinnlichkeit und Zitronen miteinander zu tun? Meines Erachtens gar nichts. Für mich können diese Begriffe gegensätzlicher nicht sein. Sinnlichkeit hat etwas mit Gefühlen, meist mit erotischen Gefühlen zu tun. Bei dem Wort kommen mir Erdbeeren oder Feigen in den Sinn, aber Zitronen – das sicherlich nicht.
Na ja, und trotzdem hat die Zitrone ihren Sinn. Es macht Sinn, Zitronen zu konsumieren. Und zwar deshalb, weil sie viele positive Eigenschaften besitzen.

Als Zitrusfrucht hat sie einen besonders hohen Wert an Vitamin C. Und wir wissen ja, dass Vitamin C gut für unsere Abwehrkräfte ist. Im Winter, wenn die Erkältungszeit kommt, sollten wir möglichst viel Vitamin C zu uns nehmen, damit wir uns keine Erkältung einfangen.
Wenn es uns dann doch mal erwischt hat, hilft auch eine „Heiße Zitrone" – das Getränk aus heißem Wasser und Zitronensaft.

Zum Backen verwendet man das Citronat. Das ist ein Würzmittel in kleinen Würfeln, das z. B. beim Rosinenkuchen oder Stollen zum Einsatz kommt.

Milch oder ein anderes Eiweißprodukt mit Zitronensaft gemischt, erfrischt besonders im Sommer. Und auch Zitronenkuchen ist eine leckere Variante.

In industriell hergestellten Lebensmitteln kommt häufig auch Zitronensäure zum Einsatz. Sie ist ein Konservierungsstoff. Die Zitronensäure ist an sich unbedenklich, aber zu viel davon schädigt die Zähne.

Aber wie schmeckt denn eigentlich eine Zitrone? Haben Sie schon einmal in eine Zitronenscheibe gebissen, die z. B. in einem Glas Limonade schwamm? Gelegentlich überkommt es mich und ich lutsche diese Zitronenscheibe aus.

Da ich weiß, wie sauer eine Zitrone ist, ziehe ich den Saft nicht in vollen Zügen aus der Scheibe heraus, sondern in kleinen Saugschüben nähere ich mich dem „Sauer"-Gefühl. Und dann überkommt es mich – ich werde lustig.

Viele kennen das Sprichwort „Sauer macht lustig", aber ist das wirklich so? Gibt es wissenschaftliche Erkenntnisse dazu? Nun, ich habe keine wissenschaftlichen Untersuchungen dazu gefunden. Herausgefunden habe ich aber, dass das Sprichwort vor mehr als 300 Jahren, genau genommen erstmals 1666 erwähnt wurde. Damals meinte man mit dem Spruch „Sauer macht lustig", dass sauer Appetit macht, also „gelüstig" macht auf Speisen.

Eigentlich müsste es heißen: Sauer macht hungrig. Und so ist es auch, die Säure reizt nicht nur unsere Lachmuskeln, sondern regt auch den Speichelfluss und die Magensäureproduktion an. Damit ist die Zitronensäure appetitanregend. Viele Vorspeisen, vor allem Antipasti, die pikant säuerlich sind, regen somit den Appetit an.

Abschließend kann ich sagen, dass die Zitrone bei mir zwar keine erotischen Gefühle hervorbringt, aber dennoch eine Frucht ist, die vielfältige Assoziationen weckt: Vitalität, Wärme, Frische, gute Laune und Geschmackserlebnisse. Und das sind bestimmt nur einige Beispiele für die positiven Aspekte des Genusses einer Zitrone. Sicherlich fallen Ihnen noch andere Aspekte ein!

Erinnerungen

Als ich im Dezember 2017 mit ein paar Kegelfreunden auf dem Weihnachtsmarkt in Oldenburg war, ist mir aufgefallen, dass mir etwas fehlte. Es waren nicht die festlich geschmückten Buden und Straßen im Lichterglanz, sondern die Weihnachtsmusik und die Gerüche von Zimt und Weihnachtsgewürzen. Einige Buden waren weihnachtlich hergerichtet – mit Kerzen und Lichtern und verströmten diese besondere Atmosphäre. Aber die meisten waren zu kommerziell. Dichte Menschenmassen ließen sich durch die Budenstraßen schieben. Von weihnachtlichem Charme war wenig zu spüren.

Auch im Radio hört man kaum noch Weihnachtsmusik. Vielleicht mal das Lied von Wham „Last Christmas", aber das ist am 17. Dezember schon die Ausnahme. Die Adventszeit ist dieses Jahr besonders kurz. Am 3. Dezember war der 1. und am 24. ist der 4. Advent.

Noch nie vorher habe ich diese vorweihnachtliche Stimmung so sehr vermisst, wie in diesem Jahr. Und gerade die Adventszeit liebte ich bislang immer mehr als Weihnachten. Denn Weihnachten ist schon sehr lange nicht mehr das, was es früher war.

Ich kann mich an Weihnachten in meiner Kindheit erinnern. Mein Vater und ich kauften meist erst ein paar Tage, manchmal auch erst am 24. Dezember den Tannenbaum. Damals noch eine Fichte, weil Nordmanntannen noch nicht so nachgefragt waren. Mein Vater stellte den Baum, der nicht allzu groß war, mit einem Tannenbaumständer auf einen weißen Holzhocker. Anschließend wurde er meist nur von ihm geschmückt: Zunächst die elektronische Lichterkette, dann die Kugeln und zum Schluss das Lametta, dass ordentlich in Streifen über die einzelnen Zweige gelegt wurde.

In späteren Jahren wurde das Lametta dann nach Weihnachten nicht mehr so ordentlich in die Packung zurückgelegt, so dass es beim Schmücken nicht mehr in Streifen über die einzelnen Zweige gelegt werden konnte, sondern praktisch aus der Packung in den Baum geworfen wurde.

Auf die Spitze der Fichte gehörte natürlich eine Weihnachtsspitze. An die Farbe der Kugeln oder der Spitze kann ich mich allerdings nicht mehr erinnern.

Die Lichterkette wurde kurz in die Steckdose gesteckt, um zu überprüfen, ob sie funktionierte und ob es so gut aussah. Danach ruhte der Baum bis abends und wurde erst dann wieder eingeschaltet.

Nachmittags kam immer meine Oma mit dem Bus. Ich kann mich nicht daran erinnern, dass sie jemals von meiner Mutter mit dem Auto von zu Hause abgeholt wurde. Nein, meine Oma kam mit dem Bus. Ein Schirm diente als Stock. Wir tranken dann zusammen Kaffee. Ich als Kind noch nicht, aber später liebend gerne.

Mit meiner Mutter bin ich anschließend zum Gottesdienst am Heiligen Abend gewesen. Mein Vater blieb währenddessen meistens mit meiner Oma zu Hause. Nach dem Kirchgang gab es dann zunächst Abendbrot – einfache Kost, wie in vielen Familien: z. B. Heißwürstchen mit Kartoffelsalat.

Im Anschluss fand die Bescherung statt. Dazu holte jeder die Geschenke hervor, die er verschenken wollte.

Anschließend standen wir alle vor dem Tannenbaum und sangen, brummend oder klar, meist zwei Weihnachtslieder. „O Tannenbaum, o Tannenbaum, wie grün sind deine Blätter..." war immer eines von ihnen. Nachdem wir uns alle Frohe Weihnachten gewünscht hatten, ging es ans Auspacken. Jeder packte immer nur ein Geschenk aus. Dabei ging es reihum. So konnte man genau sehen, ob sich der Beschenkte freute.

Schön waren auch immer die „bunten Teller". Diese Teller waren aus bedruckter Pappe mit weihnachtlichem Motiv. Sie hießen so, weil auf ihnen viele leckere, aber vor allem auch gesunde Leckereien lagen: Dominosteine, Spekulatius, Spitzkuchen, Lebkuchen, Schokolade, Nüsse, Äpfel, Apfelsinen und Clementinen. Von diesen „bunten Tellern" bekam jeder in der Familie seinen eigenen. Mein Teller war mit den ungesunden Sachen immer als erster geplündert. Wobei ich sagen muss, dass die schokoladigen Leckereien sehr übersichtlich auf dem Teller angeordnet waren. Es hatte den Anschein, als ob Äpfel, Apfelsinen und Clementinen, sowie die große Menge an unterschiedlichen Nüssen immer mehr vorhanden waren, als die süßen Sachen. Nichtsdestotrotz reichte es, denn regelmäßig war mir nach dem Genuss der Schokolade übel, weil ich einfach viel zu viel davon verzehrte. Die gesunden Lebensmittel, vor allem die Hasel- und Walnüsse blieben auf meinem Teller immer übrig, weil ich sie eigentlich nicht mochte. Im Gegensatz zu meiner Oma und Mutter, die diese Nüsse mit Hochgenuss aßen.

Meine Oma und meine Mutter bekamen auf ihren bunten Tellern immer eine Schokolade mit ganzen Haselnüssen. Die Nüsse knibbelten sie aus der Schokolade heraus und ich war meistens der Nutznießer dieser Prozedur. Ich aß die Stücke dann auf.

Ich selber kann mich nicht mehr so genau daran erinnern, aber mir wurde immer erzählt, dass ich einmal darüber eingeschlafen bin, als es die Bescherung geben sollte. Damals war ich noch sehr jung, ich ging noch nicht in die Schule. Ich glaubte noch an das Christkind.

Meine Oma passte immer auf mich auf, während das Christkind (also meine Eltern) die Geschenke ins Wohnzimmer brachten. Sobald sie alles erledigt hatten, klingelten sie mit einem kleinen Glöckchen. Das war das Zeichen, dass das Christkind gerade gekommen und die Geschenke gebracht hatte.
Wie alle Kinder konnte ich es nicht abwarten, ich war neugierig, ob das Christkind auch alles vorbei gebracht hatte, was ich mir wünschte. Und natürlich wollte ich das Christkind sehen, dass da die Geschenke brachte. Aber über diese Aufregung hinweg, bin ich dann auf der Couch eingeschlafen. Je mehr ich mich auch bemühte, das Christkind noch zu sehen, wenn es das Haus verließ, um so mehr war ich enttäuscht, dass ich es nie zu Gesicht bekam.

Weihnachten war in meiner Kindheit und Jugend immer eine besonders schöne Zeit. Nicht nur wegen der Geschenke, nein auch wegen der gemeinsam verbrachten Zeit – die ich als Einzelkind nicht nur mit meinen Eltern, sondern besonders gerne auch mit meiner Oma verbrachte.

Tierische Momente

Schicksalsmelodie

Mit letzter Kraft versuchte er, sich aus ihrer Umklammerung
zu befreien.
Keine Chance.
Sie hatte ihn fest im Griff.
War sie doch auch um ein Vielfaches größer als er.

Letztendlich ergab er sich seinem traurigen Schicksal.
Er musste den Liebesakt mit seinem Leben bezahlen.
Die Gottesanbeterin fraß ihn einfach auf.

Eine 50-Wort-Geschichte

Fleisch statt Geflügel

Ich bin nicht sonderlich attraktiv. Ich bin ein bisschen dicklich, bringe ein bis zweieinhalb Kilo mehr auf die Waage als andere meiner Art. Meine Ohren sind relativ groß und meine Nase ist dagegen richtig klein. Aber ich fühle mich wohl in meiner Haut und das ist ja die Hauptsache. Na ja, im Sommer ist es manchmal schon grenzwertig mit der Hitze, wenn man dann auch noch, wie ich, einen Pelzmantel an hat. Aber der Mantel ist einfach schick, schwarz-weiß gefleckt, und gehört einfach zu mir.

Jedenfalls sitze ich gerne auf einem kleinen Erdhügel am Ende des Gartens. Von hier aus hat man einen hervorragenden Überblick auf das gesamte Terrain. Man erkennt sofort, wenn sich im Garten etwas regt und bewegt. Und da es sich, wie gesagt, um einen „Erd"hügel handelt, verleiht die Erde meinem Körper angenehme Kühle und bewirkt, dass sich Ungeziefer nicht so schnell an meiner Haut festsetzen können, wenn ich mich in der Erde wälze.

Ich bin ein ausgesprochener Genießer in jedem Sinne. Sowohl beim Liegen und Dösen, als auch beim Spielen und sich Kraulen lassen und vor allem beim Fressen und Schlecken.

Hui, ich höre, dass sich die Tür zum Garten geöffnet hat und mein Herrchen nach mir ruft. Dann werde ich, Yeti, erst einmal zu ihm gehen, um mir meine Fleischportion abzuholen. Ich weiß, dass Menschen es gerne mögen, wenn ich um sie herum tänzele und laut und kräftig miaue. Dann sagen sie immer: „Was möchte der Yeti, hat der Yeti Hunger?" Manchmal ruft mein Herrchen auch von Weitem: „Yeti, komm, lecker, lecker". Das höre ich dann schon in der Ferne, denn nicht immer sitze ich auf meinem Erdhügel. Wenn ich Hunger habe, komme ich und lasse mich begrüßen, wenn nicht, bleibe ich meistens dort sitzen, wo ich gerade bin. Diese Zeremonie wiederholt sich täglich zweimal, morgens und abends. Das Futter riecht immer so lecker; ich freue mich auf mein Fressen. Der Speichel sammelt sich schon in meinem Mund. Hoffentlich ist wieder viel Sauce dabei. Ich bin nämlich ein Catman und Saucenfan.

Mein Herrchen stellt das Schälchen hin. Ich stürze mich, wie ein Geier auf das Futter. Zunächst lecke ich natürlich die Sauce weg.

Eine Amsel hat auch schon wieder mitbekommen, dass Fressenszeit ist. Sie hüpft eineinhalb Meter hinter mir immer hin und her und äugt auf mein Fressen. Ich kenne sie mittlerweile schon, es ist immer die selbe Amsel. Selbst durch meinen strengen Blick, den ich ihr zwischendurch immer wieder zuwerfe, wird sie nicht eingeschüchtert. Sie will auch mein Essen. Aber zunächst bin ich dran.

Nachdem ich die Sauce aufgeschlabbert habe, versuche ich mich an den kleinen, braunen Fleischstückchen. Von Weitem beobachtet mich die Amsel. Jeden meiner Schritte verfolgt sie. Mmh, das war wieder sehr lecker. Jetzt, da ich mit dem Fressen fertig bin und mich erst einmal wieder ausruhen muss, wird sich die Amsel an meinen Resten erfreuen können. Ich gehe zum Verdauen zurück in den Garten. Lege mich ins Beet, strecke alle Viere von mir, mache meine Augen zu und lasse es mir gut gehen.

Nun kommt die Stunde der Amsel; vorsichtig nähert sie sich dem Futterschälchen und holt sich ein Fleischstückchen heraus. Damit läuft sie ein paar Schritte unter ein abgestelltes Auto und frisst erst dann das ergatterte Stückchen. Sobald sie aufgefressen hat, hüpft sie wieder vorsichtig zum Futternapf und das Spiel beginnt von vorne.

Ich kann sagen, wir haben uns schon aneinander gewöhnt, bis ich vielleicht doch eines Tages Appetit auf Geflügel bekomme.

Monday Cat

Misstrauisch, ja schon grimmig
schaut sie mich an,
die Katze
und zeigt mir damit,
sie will nicht
…   gestreichelt, gebürstet, gekämmt werden.
…,   dass man mit ihr schmust, sie knuddelt, mit ihr spricht
      oder sonst irgendwie stört.

Mensch, lass mich bloß in Ruhe!

Ich bin Monday Cat
und obwohl ich so aussehe, bin ich ganz nett!

Gefangen

Ups, ...wo bin ich? Wie dunkel ist es hier? Keine Sonne, nichts Grünes. Ich kann nur ein... zwei Schritte springen. Ein schwarzes, hohes Hindernis beendet meinen Weg. Hier geht's nicht weiter. Ich drehe mich um. Laufe in die andere Richtung. Da, schon wieder diese Wand. Ich schaue nach oben. Ich sehe den Himmel. Doch er wird durch ein Muster unterbrochen. Mama kommt mir in den Sinn. Mit meiner ureigenen Stimme rufe ich nach ihr. „Ma...ma, Ma...ma", schreie ich kläglich. Aber sie antwortet nicht. Wo ist sie nur?

Aufgeregt laufe ich hin und her. Blätter rascheln unter meinen Füßen. Mir ist kalt. Ich zittere. Mein Herz rast. Es muss doch einen Ausgang geben? Warum war ich nur so neugierig? Mama hatte mich noch gewarnt: „Kleines, bleib bei der Gruppe, lauf nicht so weit weg!" Aber ich habe nicht gehorcht. Das habe ich jetzt davon. Da, ...da kann ich durchsehen. Ist das vielleicht ein Ausgang? Boing, ... boing. Aua, aua, meine Nase tut weh. Warum kann ich hier nicht durch? Boing ...wieder laufe ich gegen diese unsichtbare Wand.

Da, dort an der Seite. Was ist das? Ha... (Seufzer). Mein Pfötchen passt da durch. Endlich, ein Ausgang? Ich stecke meine Pfötchen hindurch. Erst das eine, dann das andere.

Plötzlich gibt es ein lautes Geräusch. Ein Knarren und Quietschen. Ich erschrecke mich. Ich laufe panisch hin und her. Das Muster am Himmel verschwindet. Eine Hand nähert sich mir. Sie greift nach mir. Sie packt mich. Sie umschließt mich. Ich wehre mich nicht. Ich bin starr vor Schreck. Ich zittere. Ich habe furchtbare Angst. Aber ich wehre mich nicht.

Die Hand ist warm. Ein bisschen fühle ich mich geborgen. So wie bei meiner Mama. Aber ich weiß nicht, was jetzt passiert. Ein Finger streichelt mein Fell. Das fühlt sich schön an. Anders als bei Mama, wenn sie mit der Zunge mein Fell massiert. Aber auch schön. Eine Stimme flüstert: „Tschü, ...tschü, sei ganz ruhig!" Dabei streicht der Finger wieder über mein Fell. „Gleich bist du frei!", flüstert die Stimme in mein Ohr. Und richtig. Der Mensch ist aufgestanden. Er bewegt sich. Von Weitem sehe ich das grüne Gras. Die bunten Blumen.

Der Mensch kniet sich hin. Er öffnet seine Hand. Ohne mich noch einmal umzublicken, hoppele ich davon. ‚Danke, lieber Mensch', denke ich und freue mich über die wieder gewonnene Freiheit.

Begegnung der tierischen Art

Kennen Sie den Bestseller "Bob, der Streuner"? Der Autor James Bowen, ein ehemaliger Drogenabhängiger, erzählt darin seine Begegnung mit der Katze Bob, die sein Leben beeinflusst und verändert hat. Inspiriert von dieser Geschichte möchte ich Ihnen auch ein Katzenerlebnis schildern, das auf einer wahren Begebenheit beruht und ihren Anfang in unserer früheren Heimat Neuenkirchen-Vörden nahm.

Es war im kalten, schneereichen Winter 2009, etwa im Januar oder Februar, als diese riesengroße, dicke, schwarz-weiß gefleckte Katze in unserer Siedlung auftauchte. Ob sie jemandem gehörte, wussten mein Mann und ich nicht, plötzlich war sie einfach da. Und obwohl sie offensichtlich genug Fettreserven besaß, hatte sie fürchterlichen Hunger.

„Du willst die doch wohl nicht füttern? Die werden wir niemals wieder los, wenn du sie fütterst", ermahnte ich meinen Mann. „Ach Quatsch", erwiderte er, „die gehört bestimmt jemandem in der Nachbarschaft". Während er das sagte, hatte er auch schon ein Schälchen mit verdünnter Milch vor die Haustür gestellt. Die Katze, die alles aus sicherer Entfernung beobachtete, tastete sich langsam heran. Immer wieder blieb sie stehen, um ihre Umgebung abzuchecken. Es dauerte eine ganze Weile, bis sie das Futterschälchen erreicht und den Inhalt aufgeschleckt hatte. Mein Mann und ich beobachteten diese Szenerie aus sicherer Entfernung vom Küchenfenster aus. Irgendwie machte die Katze nicht den Eindruck, als ob sie jemandem gehörte. Ihr Fell war glanzlos und stumpf und sie wirkte scheu und ängstlich.

Von da an, strich sie jeden Tag ums Haus. Sobald mein Mann die Katze sah, gab es Futter für sie, das er extra kaufte. Es dauerte nicht lange, da ernährten wir nicht nur die große schwarz-weiße Katze, sondern auch etliche andere Katzen wussten, dass es bei uns etwas zu fressen gab.

Die niedlichen, gepflegten Katzen durften dann auch schon mal ins Haus, wurden gelegentlich dort gefüttert und ließen sich gerne streicheln. Die große schwarz-weiß gefleckte Katze wurde jedoch bis auf zwei Ausnahmen niemals ins Haus gelassen. Sie hatte nichts von einer Schmusekatze. Sie war sehr groß, kräftig gebaut und sie ließ sich nicht streicheln. Wenn man es dann doch versuchte, fuhr sie ihre Krallen aus und biss gelegentlich auch zu. Irgendwie hatte sie mehr Ähnlichkeit mit einer Monsterkatze als mit einer niedlichen Schmusekatze.

Damit mein Mann und ich nicht durcheinander gerieten, wer sich gerade am Futternapf befand, gaben wir den Katzen Namen. „Blacky" war die kleine, schwarze Katze, „Miezi" die getigerte, „Kitty" die rötliche und „Yeti" die große, schwarz-weiße Katze.
Wir hielten den Namen „Yeti" für mehr als passend, weil sie plötzlich aus dem Schnee auftauchte und etwas von einem Schnee-Ungeheuer an sich hatte.
Es stellte sich bald heraus, dass „Blacky und Miezi" den Nachbarn gegenüber gehörten. Denn eines Tages stand das Nachbarskind vor der Tür und sagte im energischem Tonfall: „Das sind un...sere Katzen" und zeigte dabei auf Blacky und Miezi. Damit war klar, dass sie ein Zuhause hatten. Kitty war irgendwann nicht mehr da. Doch wem gehörte die kräftige schwarz-weiße Katze? Wir erkundigten uns bei den Nachbarn und beim örtlichen Tierarzt, aber anscheinend vermisste sie keiner.

Ein paar Wochen später entdeckte ich morgens im nahe gelegenen Supermarkt an der Pinnwand eine Suchanzeige. Dort hing das Bild einer Katze, die unserer Fundkatze „Yeti" zum Verwechseln ähnlich sah. Gleich als ich wieder zu Hause war, rief ich bei der Familie an, die ihre Katze vermisste und beschrieb ihr unsere zugelaufene. Innerhalb weniger Minuten kam die Frau mit ihrem Laptop vorbei, um sich die Katze anzusehen.

Zu diesem Zweck hatte ich die Katze in der Küche eingesperrt, damit die Frau Yeti in aller Ruhe begutachten konnte. Sie aktivierte ihr Laptop, auf dem sich ein Bild ihrer vermissten Katze „Mausi" befand und verglich immer wieder das Laptop-Bild mit Yeti. Die Ähnlichkeit war verblüffend. Die Frau war sich aber nicht sicher. Seltsam fand sie, dass die Katze nicht reagierte, wenn sie ihren Namen rief. „Ich komme heute Abend mit meinem Mann und der Schwiegermutter wieder, die wissen hundertprozentig, ob das unsere Katze ist", verabschiedete sich die Frau.

Und tatsächlich, abends kam sie mit ihrem Mann wieder, zwar ohne die Schwiegermutter, aber nochmals mit dem Laptop.
Das Spiel begann von vorne. Der Name „Mausi" wurde gerufen – keine Reaktion. Das Bild wurde verglichen – keine eindeutige Klarheit. Die Frage, ob es sich bei unserem Fundtier um eine Katze, die sie vermissten oder um einen Kater handelte, konnten wir ihnen nicht beantworten. Es war uns auch völlig egal, welches Geschlecht das Fundtier hatte.
Aber dem Mann war es nicht gleich und deshalb kam er auf die geniale Idee. Er wollte es genau wissen. Um die Katze eindeutig zu identifizieren, kroch er auf allen Vieren über den Küchenfliesenboden hinter der Katze her. Die war völlig irritiert über ihren

aufdringlichen Verfolger, der ständig neugierige Blicke auf ihr Hinterteil warf. Hektisch lief die Katze immer um die Kücheninsel herum. Dummerweise ergab diese Kriecherei dann aber kein eindeutiges Ergebnis und das Ehepaar verschwand ohne die Katze.

Die Katze Yeti, die seit dem regelmäßig zur Nahrungsaufnahme kam, wurde schließlich immer zutraulicher. Ihre anfängliche Scheu und Ängstlichkeit legte sie nach und nach ab. Im Sommer saß sie dann schon auf der Terrasse oder wagte, es sich auf meinem Schoß bequem zu machen. Zufällig erkannten wir dann auch bei ihrer Morgentoilette, dass es sich um einen Kater handelte.

Als wir im Oktober 2010 wieder nach Osnabrück zogen, brachte mein Mann es nicht übers Herz, die Katze in Vörden zurück zu lassen. „Die kommt um, wenn wir sie nicht mitnehmen!", sagte er. „Na gut, aber du musst dich um die Katze kümmern und sie darf nicht in die Wohnung", waren meine Bedingungen.

Heute haben sich alle in den Kater verliebt. Mein Mann hat für ihn einen Kaninchenstall gekauft, worin er eigentlich im Winter schlafen soll. Da es aber in den letzten beiden Wintern extrem kalt war, wollte ich nicht herzlos sein. So habe ich dem Kater im Treppenhaus eine Decke hingelegt, auf dem er liegen kann, wenn es draußen sehr kalt ist.
Doch mittlerweile liegt die Katze im Winter tagsüber immer dort und erst abends geht sie dann auf Piste. Morgens kommt sie wieder, bettelt um einen vollen Futternapf und legt sich dann bis abends wieder auf ihrer Decke zur Ruhe. Wenn sie doch mal zwischendurch raus will, macht sie sich lauthals bemerkbar.

Aber nicht nur dann, sie redet wirklich viel. Wir hatten vorher schon einige Katzen, aber so einen Quatscher, wie diese Katze, hatten wir noch nie.

Still ist sie eigentlich nur, wenn sie schläft und zwar wirklich schläft. Manchmal tut sie nämlich nur so und wenn man dann an ihrer Decke vorbeigeht, gibt sie, wie ein Bewegungsmelder, einen einzigen Mauz-Ton heraus und verstummt dann sofort wieder. Wenn sie also nicht schläft, hat sie eigentlich immer was zu sagen, aber das macht auch das Besondere an ihr aus.

Berühmt ist sie auch schon. Sie wurde im letzten Jahr schon einmal von mir fürs Radio interviewt. Komischerweise redet sie ja sonst immer sehr viel, aber als ich ihr das Mikrofon hingehalten habe, brachte sie kaum noch einen Ton heraus. Sie hatte nur noch wenig zu sagen. Ja, da sind auch Katzen nicht anders als Menschen. Wenn die ein Mikrofon sehen, haben sie auch nichts mehr zu erzählen. So haben die Aufnahmen ein paar Tage gedauert. Aber letztendlich hat mein Mann es dann geschafft, dass Yeti sich an das Mikrofon gewöhnt und wieder mehr geredet hat.

Ja, das ist die Geschichte von der ersten Begegnung mit Yeti, der aus dem Schnee kam und von dem wir nicht viel wussten, bis wir ihn, eigentlich erst hier in Osnabrück näher kennen lernten und erfuhren, dass er eigentlich viel zu sagen hat.

Genuss in vollen Zügen

Fremdgehen – Nun, was bedeutet das überhaupt? Im Allgemeinen spricht man von *fremdgehen,* wenn jemand mit einem anderen, nicht seinem Partner oder seiner Partnerin, intim wird.

Ein Zustand, der für den betrogenen Partner vermutlich sehr schlimm sein muss. Aber ein Mann meiner Art kann dazu nicht viel sagen, nur so viel, Polygynie, also Vielweiberei, gehört zu meinem Leben wie essen und trinken.

Aber ich will mich zunächst erst einmal vorstellen. Ich bin ein gutaussehender Mann in den besten Jahren. Ich habe zwar keine athletische Figur und kann mich auch nicht daran erinnern, jemals eine gehabt zu haben. Aber, das ist ja auch egal, denn die holde Weiblichkeit findet mich mehr oder weniger attraktiv.

Aber ich bin nicht immer die erste Wahl. Manchmal gibt es im Vorfeld schon Streit zwischen mir und meinen Konkurrenten. Da fliegen auch schon mal die Fetzen. Aber feige bin ich nicht. Ich musste schon einige Verletzungen einstecken. Aber wenn ich dann gewinne, zeige ich meiner Partnerin, was in mir steckt.

Manchmal mache ich sie mit einem Nackenbiss gefügig. Dann erst vollziehe ich den Liebesakt. Meinen Partnerinnen scheint das nie Spaß zu machen, denn sie schreien dabei immer ganz fürchterlich. Aber ist ja auch egal, Hauptsache ist, ich habe meine Gene weitergegeben und brauche mich um einen möglichen Nachwuchs später nicht zu kümmern.

Wie kam ich jetzt überhaupt auf *fremdgehen*? Ach ja, ich wollte einfach nur sagen, dass ich mehrmals am Tag fremdgehe. Das bezieht sich auch nicht nur auf Sex, sondern auf alle Annehmlichkeiten meines Lebens, und dazu gehören: Streicheleinheiten, Futter, Leckerlis oder einfach nur eine liebevolle Anrede.

Ich kann nur sagen, als Kater genieße ich das Fremdgehen in vollen Zügen. Miau!

Mein Katzentag

Morgens um halb sechs, oh Graus,
müssen die schon wieder raus.
Ich möchte hiermit bekunden,
ich schlafe erst seit sieben Stunden!

Naja, so folge ich meiner coolen Masche
und lege mich erst mal auf die alte Tasche!
Dort streck' ich mich aus und werde zum faulen,
Tier natürlich, und lasse mich kraulen.
Ein paar Minuten müssen schon drin sein,
für mich kleines, zartes Kätzlein.

Und dann schnell in die Küche rein,
jetzt was zu fressen, das wär' fein!
Denn jetzt knurrt mir schon ganz schön der Magen,
ich muss doch mal meinen Diener fragen,
ob ich nicht bald mal was zu essen kriege,
sonst still' ich den Hunger mit 'ner Fliege!

Die Näpfe sind leer, ich mauze herum:
„Nun mach' schon, du Individuum!"
Jetzt endlich still' ich meinen Katzenhunger,
naja, bin auch nicht mehr ein ganz Junger!

So kann ich meine Katzeneltern blamieren,
denn ich habe überhaupt keine Manieren!
Zunächst fang' ich an zu sabbern,
als Nächstes die Sauce zu schlabbern,
und trocknen die Fleischstückchen auch aus,
so ist halt' mein Leben in Saus und Braus!

Mmh, das riecht köstlich, das ist lecker,
da gibt es wirklich kein Gemecker!

Als Nächstes bette ich mich zur Ruhe,
in meiner kleinen Altpapiertruhe.
Doch bis ich erst mal richtig liege,
ich ein paar Mal meinen Körper verbiege;
so drehe ich mich fünf Mal im Kreis,
bis ich endlich liege, ich alter Greis!

Mein Frauchen ruft manchmal „Schätzchen,
such' dir doch ein and'res Plätzchen!"
Dann stehe ich im Schneckentempo auf,
bewege mich ganz langsam und lauf
zur Fensterbank ins Wohnzimmer rein
und schließe dort meine Äugelein.

Zusammengerollt, soweit es geht,
liege ich dort wie ein Paket.
Liege ich erst mal, vergeh'n Stund' um Stund',
zum Schlafen brauch' ich ja auch keinen Grund.

Ich liege gern zum Schmusen,
an Frauchens Busen.
Aber ihr Bauch,
tut es auch!

Am Schönsten ist es generell,
wenn sie streichelt mein seidiges Fell.
Auch wenn sie leise in mein Ohr spricht,
ist das so schön, wie ein Gedicht!

Dann verspür' ich einen unbändigen Drang,
und setze meinen Zweitaktmotor in Gang.
Der schnurrt dann, was das Zeug hält,
solange es mir gefällt!

Horch, wer kommt denn da herein?
Das kann doch nur mein Herrchen sein!

Dann starte ich mal wieder meinen Trick
und lenke seinen Blick mit viel Geschick,
auf mich armen Kater:
„Gib' mir was du Katzenvater!"

Auch wenn ich noch etwas zu fressen habe,
ich bett'le um eine Extragabe.
Frischfleisch ist das Zauberwort,
bei dem bin ich hin und fort!

Manchmal bin ich ganz versessen,
meinen Schnittlauch zu fressen!
Denn Grünes ist ja so gesund,
macht mich schlank, nicht rund!

Zwischendurch steht an das große Putzen;
es ist für mich von großem Nutzen.
Entspannend ist es das Geleck,
und säubert mich von Schmutz und Dreck.

Spätabends dann zur Schlafenszeit,
mach' ich zum Spielen mich bereit.
Toben, rennen, Schatten jagen,
alles dient dem Wohlbehagen!

Doch nur von kurzer Dauer wird es sein,
denn habe ich erst mein lecker Fresslein,
lege ich mich müde zur Ruhe,
nun aber nicht in der Altpapiertruhe;
in meinem Katzenkörbchen schlaf' ich ein,
ich liebes, kleines Katzenmännlein!

Vier Elemente

Feuer

Feuer ist:
Eine heiße Naturgewalt,
nutzbar in vielerlei Gestalt.

Feuer ist:
Nötig zur Produktion von Waren
oder um Müll einzusparen.

Feuer ist:
Zusammensitzen – Gemütlichkeit pur,
am Lagerfeuer in der Natur.

Feuer ist:
Wärmend für Körper und Herz,
vergeht manch' eisiger Schmerz.

Feuer ist:
Seien wir mal ehrlich,
manchmal auch ganz gefährlich.

Feuer kann:
Niemand will es heraufbeschwören,
doch es kann Existenzen zerstören.

Feuer kann:

Wüten mit immenser Temperatur,
vernichtet dabei alles, auch die Natur.

Feuer lässt:

Nach dem Neuerwachen,
den Boden fruchtbar machen.

Feuer lässt:

Sich nur bedingt bändigen.
Deshalb geh' sorgsam mit Feuer um.
Nicht umsonst ist es ein Spezifikum.

Wasser

Hörst du, wie das Wasser rauscht,
wie es blubbert, zischt und braust.
Wie es brodelt, strömt und reißt.
Und das Bächlein plätschert, leis.

Siehst du, wie der Fluss schnell fließt,
wirbelnd über Steine schießt.
Siehst du, wie die Flocken rieseln,
Regentropfen vom Himmel nieseln.

Fühlst du, wie erfrischend das Nass,
ob kalt oder warm, baden macht Spaß.
Fühlst du, die Kühle an den Füßen,
ein Strandspaziergang lässt grüßen.

Riechst du, wie das Wasser stinkt,
faulig, giftig, weil Müll versinkt.
Riechst du, wie es sich vermischt
und damit Lebensraum erlischt.

Hörst du, siehst du, riechst du, fühlst du, jetzt,
wie wertvoll unser Wasser ist?

Frei nach James Krüss „Das Feuer"

Elfchen

Wärme.
Ade Winter.
Erwachende, erblühende Natur.
Bunte Blumen, zwitschernde Vögel.
Neuanfang.

Wärme.
Subjektives Gefühl.
Angenehm oder unangenehm.
Wohliges Empfinden, unerträgliche Hitze.
Temperatur.

Temperatur.
Heiß – kalt.
Warmbad oder Eisdusche.
Völlige Entspannung – maximale Anspannung.
Empfinden.

Leidenschaft, die Leiden schafft

In Flüssen und Seen ist er zu Hause.

Er ist ein leidenschaftlicher Schwimmer und Taucher.

Wasser ist sein Lebenselixier.

Eines Tages beobachtet er an der Wasseroberfläche tanzende Wassertropfen, die seine Neugierde wecken.

Zunächst ist er skeptisch, schließlich schnappt er aber doch danach.

Schwungvoll wird er aus seiner vertrauten Umgebung gerissen.

Im gleichen Augenblick ringt er nach Luft, verzweifelt zappelt und windet er sich – zu spät.

Mit einem scharfen Messer wird er von oben nach unten aufgeschlitzt.

Das Blut strömt in Massen.

Zum Ausbluten wird er auf den Boden geworfen. Das Blau des Himmels färbt sich rot. Der Fisch ist tot.

Eine 100-Wort-Geschichte

Tränendes Herz

Mit der Absicht, sich durch Zwiebelatem und Zwiebelausdünstungen unattraktiv zu machen, ging sie in die Küche. Sie nahm eine Zwiebel aus dem Korb und schnitt sie in Ringe. Doch bereits in dem Moment, als sie die Schale abzog, fing sie an, sich in Tränen aufzulösen. In einem fort, liefen die Tropfen über ihre Wangen.

Nach einer Stunde intensiven Weinens, in der sie blutige Tränen vergoss, weil ihr Freund sie verlassen hatte, setzte sie sich vor den Fernseher und schaute den ganzen Abend Filme. In der traurigen Stimmung, in der sie war, sah sie einen rührseligen Film, der auf ihre Tränendrüsen drückte.

‚Jetzt habe ich bestimmt schon 1,8 Liter meiner jährlichen Tränenflüssigkeit produziert‘, dachte sie. Aber es kam noch schlimmer. Im Anschluss an diesen Film reihte sich eine Komödie an die andere. Sie kam aus dem Tal der Tränen nicht mehr raus. Denn am Ende musste sie Tränen lachen.

Da saß sie nun in ihren Tränen versunken und dachte darüber nach wie viel Brot sie schon mit Tränen gegessen hatte. Und wie absurd es war, sich durch Zwiebeln unattraktiv zu machen.

45 Liter Tränenflüssigkeit hat der Mensch am Ende seines Lebens vergossen. Bei ihr war es gefühlt schon die Hälfte. Würde sie überhaupt noch ihre Lebenserwartung von 82 Jahren erreichen? Egal, für sie war die Sache mit Robert endgültig vorbei. Sie weinte ihm keine Träne mehr nach. Ihr tränendes Herz war geheilt.
Sie stand von da an wie ein Fels in der Brandung.

Was das Leben so schreibt

Johnny der Bär

„Hallo Hans, bist du auch mal wieder da?" Noch bevor ich antworten kann, ist der Mann, dessen Name – glaube ich – Klaus ist, auch schon an mir vorbei gelaufen. Klaus, der war doch damals der Lehrling, der ein viertel Jahr bevor ich in den Ruhestand ging, hier im Zoo mit seiner Ausbildung anfing. Komisch, dass er mich Hans nennt und nicht Johnny! Oder wusste er gar nicht, dass ich diesen Spitznamen bekommen hatte? Ach ja, da war er ja noch gar nicht in der Firma, als ich dazu kam. Das waren viele Jahre, bevor er bei uns anfing.

Seltsamerweise denke ich immer noch an meine „Firma", in der ich gerne gearbeitet habe, bis zu meinem Ruhestand vor jetzt schon mehr als 20 Jahren. War das eine schöne Zeit damals – da wurde ich noch gebraucht. Ich liebte meinen Beruf als Tierpfleger. Ich freute mich über die freundschaftlichen Kontakte zu meinen Kollegen und die Anhänglichkeit der meisten Tiere.

Zu meinem Spitznamen kam ich, weil ich der Bärin Maggie, die der Zoo in Detroit zu uns geschickt hatte, bei der Geburt ihres ersten Jungen half. Nachdem sie dann ihr Kind verstoßen hatte, zog ich es mit der Flasche auf. Das war ganz schön anstrengend, denn es musste ja alle vier Stunden gefüttert werden. Da die Bärenmutter aus den USA kam, sollte ihr Sohn einen amerikanischen Vornamen bekommen. Meine Kollegen schlugen vor, ihm meinen Namen zu geben, weil ich ihm auf die Welt geholfen hatte. Da mein Name „Hans" im Amerikanischen zu „John" wird, tauften wir das Bärenkind „Johnny". Und so wurde ich fortan von meinen Kollegen auch nur noch Johnny gerufen.

Viele Monate hatten Johnny und ich eine sehr enge Beziehung zueinander. Er war ja auch von mir abhängig. Er brauchte mich Tag und Nacht. Wobei ich peinlichst darauf achtete, ihn nicht zum Kuschelbären zu erziehen, denn das sind Bären nicht – sie sind Raubtiere mit messerscharfen Krallen!

Ja, war das damals, als ich hier im Zoo Tierpfleger war, eine schöne Zeit. Ich hatte eine verantwortungsvolle Aufgabe, war bei den Kollegen und Vorgesetzten anerkannt und beliebt. Ich war immer an der frischen Luft und dadurch fit wie ein Turnschuh. Meiner Frau und meinem Sohn zeigte ich gerne meine Arbeitsstätte. Wir genossen diese Besuche immer sehr. In diesen Tagen war ich noch glücklich!

Mein Blick fällt in diesem Moment auf Johnny, den Bären, der unterhalb von mir in seinem kleinen Außengehege auf und ab läuft. Bald ist Fressenszeit – Johnny wartet schon darauf. Der Bär ist mittlerweile auch schon in die Jahre gekommen. Ich kenne ihn genau: Früchte, Fische, Insekten und Nagetiere sind seine Beute – frisches Fleisch mag er am liebsten.

Der Bär schaut mich an. Erkennt er mich? Nein, wahrscheinlich nicht, ich bin ja nun auch nicht mehr so häufig im Zoo. Seit die Leitung gewechselt hat, muss ich Eintritt bezahlen, wenn ich die Tiere sehen möchte. Und da meine Rente nicht sehr hoch ist und meine Beine nicht mehr so wollen wie ich, gehe ich nur noch selten hier hin.

Der Bär schaut mich jedenfalls an und macht auf mich einen deprimierten Eindruck. Komisch, im Gegensatz zu mir liebt er es, alleine zu sein; bis auf die Paarungszeit ist er Einzelgänger.

Langsam und gemächlich durchstreift Johnny sein Territorium – niemand darf es betreten.

Ich dagegen bin erst in den letzten Jahren, eigentlich erst seit dem Tod meiner Frau, zum langsamen, gebrechlichen und einsamen Mann geworden. Mein Sohn braucht mich lange schon nicht mehr. Er hat eine eigene Familie und wohnt in Süddeutschland. Wir sehen uns ganz selten, eventuell mal zu Weihnachten. Das letzte Mal, dass ich gemeinsam mit meinem Sohn, der Schwiegertochter und meinen beiden Enkelkindern Weihnachten feiern durfte, war im Jahr als meine Frau starb – und das ist jetzt schon zwei Jahre her!

Vor kurzem rief mein Sohn mich überraschend an. Meine Freude war nur kurz, denn ohne Umschweife erklärte er mir, dass er das Haus, in dem ich wohne, verkaufen wolle. Er habe sich als Selbstständiger übernommen und bräuchte das Geld dringend. Der Verkaufspreis für ein leerstehendes Haus sei weitaus höher als für ein bewohntes, das verstünde ich doch... Es täte ihm sehr leid, aber wenn ich dann erst einmal dieses schöne Zimmer in der Seniorenresidenz sehen würde, das er für mich ausgesucht hätte, wäre ich bestimmt begeistert. Denn dort wäre ich unter Gleichgesinnten. Alle wären sehr nett, die Residenz hätte einen sehr guten Ruf. Ich würde regelmäßige Mahlzeiten bekommen und hätte immer Unterhaltung. Die medizinische Versorgung in diesem Haus wäre sehr gut. Es bräuchte bestimmt nur eine kurze Zeit, bis ich mich an dieses schöne Haus gewöhnt hätte. Und so lange würde ich dort ja auch nicht mehr sein... Von einem Altenheim, das es ja eigentlich ist, hat mein Sohn nicht gesprochen.

Ich werde sehr traurig bei dem Gedanken, nun auch noch von meinem eigenen Fleisch und Blut abgeschoben zu werden – wegen Geld. Jetzt will mein Sohn mir auch noch meine vertraute

Umgebung nehmen und mich irgendwo hinstecken, wo ich niemanden kenne. Es ist schon schlimm genug, dass sich keiner um mich kümmert; ich bin immer allein. Schlafen – allein, Spazierengehen – allein, Fernsehgucken – allein, Gespräche führen – allein, mit mir selbst, Essen – allein.

Essen, apropos, Essen – darum bin ich ja hergekommen! Bären sind Allesfresser! Schnell drehe ich meinen Kopf nach links und rechts, keiner beobachtet mich. Hastig hole ich meinen kleinen Klapphocker aus dem mitgebrachten Rucksack, steige hinauf und lasse mich über die Brüstung fallen.
Guten Appetit, Johnny, mein Junge!

Erfolg stinkt nicht!

Ich freue mich. Nach langer Arbeitslosigkeit habe ich endlich wieder Hoffnung, nun eine neue Arbeitsstelle zu bekommen. Zwei Hürden habe ich schon überwunden. Da wäre zum Einen mein Bewerbungsanschreiben, zu dem sich der neue Arbeitgeber Schmidt & Schmoll positiv geäußert und mich daraufhin zu einem Vorstellungsgespräch eingeladen hat. Und auch diese Hürde habe ich meisterlich genommen. „Sie werden von uns hören!", verabschiedet sich mein zukünftiger Chef, Herr Schmidt, von mir. ‚Ich hoffe', denke ich und schüttele dem Chef in spe die Hand.

Einen Tag später meldet sich der künftige Arbeitgeber und bittet mich zum Kaffee. Er habe sich noch nicht entschieden, wen und wie viele neue Mitarbeiter er einstellen will, sagt er am Telefon. „Sie wundern sich sicher, dass ich sie zum Kaffee einladen möchte, aber ich habe bislang damit gute Erfahrungen sammeln können, wenn ich mit zukünftigen Mitarbeiterinnen und Mitarbeitern in lockerer, privater Atmosphäre spreche. Sie sind dann viel natürlicher und offener, als wenn alles rein geschäftlich abläuft." Etwas verwundert über diese Ansage, aber hoffnungsvoll, nun vielleicht eine neue Arbeitsstelle zu bekommen, willige ich ein, am nächsten Tag zum Kaffee ins Büro des Arbeitgebers zu kommen.

Am darauffolgenden Tag bin ich frühzeitig da, weil ich mir noch die Konkurrenten ansehen möchte. Herr Schmidt, mein neuer Arbeitgeber, hat mir erzählt, dass sich unzählige Bewerber auf diese Stelle als Lebensmittelchemiker beworben haben. Wie mir die Dame am Empfang sagt, findet das Kaffeetrinken im Besprechungszimmer im ersten Stock statt. Ich laufe die Treppe hinauf und setze mich vor die Tür des Besprechungszimmers. Kein einziger Mitbewerber sitzt vor dieser Tür. Da geht auch schon die Tür auf und Herr Schmidt begrüßt mich und bittet hinein.

Ich bin tatsächlich der Einzige, der heute eingeladen wurde. Wir nehmen an einem relativ kleinen, runden Tisch Platz, auf dem eine Tischdecke liegt, die nur knapp den Tisch bedeckt. Alles ist schön gedeckt, farblich aufeinander abgestimmt. Weißes Geschirr mit roten Servietten, die genau zur Tischdecke passen. Eine kleine weiße Vase mit roten Blümchen. Kuchengabeln und Kaffeelöffel sind mit rot abgesetzt und in der Mitte des Tisches steht eine knallrote Torte mit weißen Farbtupfern.

„Die Torte hat meine Frau heute extra für uns gebacken. Ich liebe Kuchen und meine Frau kann hervorragend backen", erwähnt Herr Schmidt und ergänzt: „Die Erdbeertorte gelingt ihr immer besonders gut."
Während Herr Schmidt die Backkünste seiner Frau lobt, vernehme ich einen seltsamen Geruch. Schon beim Betreten des Raumes kam mir ein komischer Mief in die Nase. Jetzt, da ich am Tisch sitze, wird der Geruch intensiver. ‚Woher kommt nur dieser Mief?', denke ich.

„Möchten sie Kaffee, Herr Meyer?", fragt Herr Schmidt mich und steht auf, um die Kaffeekanne zu holen, die auf einer Anrichte steht.
Als Herr Schmidt, mir den Rücken zudreht, um die Kaffeekanne zu holen, beuge ich mich über die Torte, um zu ergründen, ob der fürchterliche Gestank vielleicht von der Torte ausgeht. Und tatsächlich, der Mief des Raumes wird von der angeblichen Erdbeertorte erzeugt. Nach süßen, fruchtigen Erdbeeren riecht die Torte jedenfalls nicht. Vielmehr extrem nach Rauch, vermischt mit ei-

nem süßlichen Muff. Mehr kann ich in dem Moment, als ich mit meiner Nase über der Torte hänge, nicht erschnuppern, sonst hätte mein zukünftiger Chef etwas bemerkt.

Der Chef schneidet die Torte an und gibt mir ein Stück. Der ekelige Geruch verstärkt sich noch, als das Stück direkt unter meiner Nase steht. Ich gucke mir das Tortenstück näher an. Etwas, das aussieht, als könnten es Erdbeeren sein, liegt oberhalb des Tortenbodens. Aber diese Erdbeeren sind nicht rot wie sonst, sie sehen nicht knackig und appetitlich aus, wie man es von „normalen" Erdbeeren kennt. Diese Erdbeeren, wenn es überhaupt welche sind, schimmern grünlich-braun und sind matschig. ‚Iiiieh, was ist denn das? Das bekomme ich nie runter', denke ich.

Herr Schmidt wünscht mir einen guten Appetit. „Herr Schmidt", fange ich an „... äh, Herr Schmidt, es tut mir leid, aber ich habe mir heute Morgen den Magen verdorben und kann deshalb nichts von diesem Kuchen essen." „Oh", so der Chef. „... haben sie das öfter? Waren sie deswegen schon beim Arzt? Ja, manche Mitarbeiter in der Firma haben auch Magenprobleme. Die feiern wegen jedem Zipperlein sofort krank, einige sogar wochenlang. Aber Herr Meyer, das tun sie mir und meiner Frau doch nicht an! Meine Frau stand extra ein paar Stunden in der Küche, um uns beiden diesen köstlichen Kuchen zu backen. Ein kleines Stückchen könnten sie doch trotz ihrer Magenprobleme versuchen, oder?"

Ich stimme nickend zu und zeige mit dem Finger auf das Stück auf meinem Teller: „Gut, Herr Schmidt, aber nur ein klitzekleines Stückchen! Das Stück, das sie mir eben gegeben haben, ist zu groß." Herr Schmidt reagiert sofort, stellt den Teller mit dem etwas größeren Stück Kuchen vor sich und gibt mir ein neues, sehr kleines Stück Torte. Jetzt erkenne ich, dass über den vermeintlichen Erdbeeren ein cremefarbener Biskuitboden ist und darüber scheint Sahne zu sein. Die Tortendecke ist aus rotfarbiger Gelatine. Ich teile mit der Gabel ein winziges Stück von diesem Tortenstück ab und führe es zum Mund. Von der Konsistenz her ist der Kuchen recht fest.

,Hoffentlich kann ich das winzige Tortenstück im Ganzen herunterschlucken, ohne es kauen zu müssen, damit es nicht den Geschmacksnerv berührt', hoffe und bete ich innerlich. Beim Abgang durch die Speiseröhre habe ich dann aber doch Pech, denn der Geschmack dieses Ekel erregenden Kuchens kommt jetzt doch durch. Der Kuchen schmeckt nach irgendwelchen Gewürzen oder Kräutern. Ich vermute Kümmel, Salbei und Eukalyptus und definitiv ist Schimmel auch dabei.

Ich als Lebensmittelchemiker vermute, dass bei diesem Kuchen versucht wurde, das Erdbeeraroma, das sonst aus Sägespänen gewonnen wird, aus Schimmel zu produzieren.

„Wie schmeckt ihnen der Kuchen?", fragt mich Herr Schmidt.

„Interessant", antworte ich und frage ihn: „Hat ihre Frau eine neue Art einer Erdbeertorte kreiert?"

„Nein, eigentlich nicht, ...sie versucht nur, das Ergebnis zu optimieren. Nun mir schmeckt die Torte immer sehr gut, sie ist gut verträglich und wenn sie dann in ein paar Wochen in Produktion geht, wird sie beim Verbraucher sicherlich gut ankommen, weil auch das Preis-/Leistungsverhältnis passt.", antwortet Herr Schmidt.

„Weswegen ich sie zum Kaffee eingeladen habe, hat folgenden Grund; ich möchte mit ihnen ins Gespräch kommen und sie um ihre Meinung bitten, wie unsere Firma diese Torte am besten vermarkten kann. Wie ich ihrer Bewerbung entnehmen konnte, haben sie zwei Berufe. Zunächst sind sie zum Lebensmittelchemiker ausgebildet worden und in der Zeit ihrer Arbeitslosigkeit haben sie eine Umschulung zum Marketingkaufmann gemacht. Und in dieser Funktion als Marketingexperte möchte ich sie bitten, mir einige Vorschläge zu unterbreiten, wie wir dieses neue Produkt auf den Markt bringen können." Er sah mich erwartungsvoll an.

„Aber sie essen ja gar nicht, schmeckt es ihnen nicht?" „Doch, doch", antworte ich, „... aber da ich mir den Magen verdorben habe, wie ich ihnen bereits erzählte, möchte ich jetzt keinen Kuchen mehr essen. Aber wie sie sehen, habe ich das Stück, das sie mir gegeben haben, aufgegessen."

„So", schließt Herr Schmidt das Gespräch. „Sie haben uns einige gute Vorschläge unterbreitet. Wir melden uns bei ihnen, sobald wir zu einem Ergebnis gekommen sind. Bis dahin danke ich ihnen fürs Kommen und wünsche ihnen noch einen schönen Abend."
Auch ich bedanke mich bei Herrn Schmidt und schüttele ihm die Hand. Dabei fällt mein Blick auf seinen Teller im Hintergrund. Ein klitzekleines Stückchen hat Herr Schmidt nur davon gegessen. ‚Die Torte seiner Frau hat ihm anscheinend doch nicht so gut geschmeckt, wahrscheinlich wusste er, was für'n widerliches Zeug das ist', vermute ich.

Bereits zwei Tage später kommt der ersehnte Brief meines zukünftigen Chefs der Lebensmittelfirma Schmidt & Schmoll, bei mir an. Hastig und erwartungsvoll öffne ich den Brief. ‚Nach dieser Quälerei, den schimmeligen Kuchen, der nicht nur widerwärtig roch, sondern den ich auch mit größter Abscheu hinunterwürgen musste, hoffe ich, dass ich nun diese Stelle bekommen habe.'

Zu meiner größten Überraschung steht dort dann aber geschrieben:

Sehr geehrter Herr Meyer,
wir danken Ihnen, dass Sie Interesse an unserem Unternehmen gezeigt haben. Im Gegensatz zu Ihren Mitbewerbern haben Sie uns gute, brauchbare Vorschläge bezüglich der Vermarktung des neuen Produktes unterbreitet. Damit haben Sie uns sehr geholfen.

Dennoch muss ich Ihnen heute mitteilen, dass wir uns für einen anderen Bewerber entschieden haben. Wir waren sehr enttäuscht darüber, dass Sie uns nicht die Wahrheit gesagt haben. Natürlich hätte meine Frau niemals so einen schlechten Kuchen gebacken.

Wir erwarten von unseren Mitarbeitern, dass sie uns ihre ehrliche Meinung sagen und das beinhaltet auch, dass sie uns mitteilen, wenn etwas schlecht oder ungenießbar ist.

In diesem Zusammenhang kann ich Sie übrigens beruhigen. Die Magen- und Darmkrämpfe und die ständigen Toilettengänge, die Sie höchstwahrscheinlich erdulden mussten, werden keinerlei Spätfolgen haben.
Wenn Sie heute dieser Brief erreicht hat, geht es Ihnen hoffentlich wieder besser.

Wir wünschen Ihnen für Ihren weiteren Lebensweg alles Gute und hoffen, dass Sie bald eine neue Arbeitsstelle finden werden.

Freundliche Grüße
Schmidt & Schmoll

Lebendigkeit

Bild.

Bedrohliche Lage.

Bedrückende, traurige Stimmung.

Begegnungen mit Krankheit, – Hoffnung.

Beängstigende Gewissheit, Traurigkeit, Zeit des
Abschiednehmens.

Beglückende Momente und Erlebnisse des Erinnerns.

Liebe.

Klein aber fein

Sie sah ihn an und konnte es kaum glauben, wie prächtig er sich in den letzten Jahren entwickelt hatte. Jetzt war er von kräftiger Statur. Er sah endlich gut aus. Und er hatte eine gute Farbe. Nicht mehr so blass, wie in seinen Kindertagen, als er ständig unter irgendwelchen Krankheiten litt. Damals war er winzig und unförmig und es sah so aus, als wolle aus ihm nichts werden. Einige Male stand es ganz schlecht um ihn – er war fast dem Tode geweiht. Aber mit jedem Mal, in dem er dagegen ankämpfen musste, wurde er stärker und stärker.

Jetzt zeigte sich, dass sie vor 50 Jahren alles richtig gemacht hatte, als sie sich entschied, etwas Wunderbares zu erschaffen. Dort stand er nun, durch ihr Zutun, aus einem Samen entstammend. Mittlerweile war er so gewachsen und so schwer, dass sie sich ganz schön anstrengen musste, um ihn zu baden. Das mochte er besonders gerne, aber für sie, mit ihren 64 Jahren, war es schon eine besondere Herausforderung.

Als er dort in der Wanne stand und sie ihn mit lauwarmen Wasser abbrauste, sagte sie zu ihm: „Ich sehe, ich habe alles richtig gemacht – du wunderschöner Bonsai-Schatz."

Kidnapping

„Du willst doch wohl keinen Wagen nehmen, bei den paar Teilen? Was meinst du, wie voll das da ist?"

„Glaubst du ich will die ganzen Sachen unter'm Arm nehmen, während du bei den Zeitschriften guckst?", antwortet sie ihm.

Sie bekommt einen der letzten Wagen im Supermarkt und beide betreten den Laden. Der Brötchenstand ist das erste Ziel. Verschiedene Brötchensorten suchen die beiden aus und stecken sie in drei Tüten.

Während des Wegs zur Tiefkühltruhe verabschiedet er sich von seiner Frau mit der Bemerkung: „Ich gucke so lange bei den Zeitschriften, kannst mich da abholen!"
Sie füllt den Wagen mit dem Spinat aus der TK-Truhe und sucht dann den Senf. ‚Senf, wer könnte wissen wo der Senf ist, ...ach, diese Frau kennt sich bestimmt hier aus', denkt sie: „Entschuldigen sie, können sie mir sagen, wo ich hier den Senf finde?" „Ja, da hinter der Milch". Dabei zeigt die Angesprochene in die entsprechende Richtung.
Zielstrebig schiebt sie den Einkaufswagen in die gezeigte Richtung, als ihr plötzlich einfällt, dass sie den Kräuterkäse in der Kühltheke vergessen hat. Sie lässt den Wagen stehen und geht zurück. Dabei begegnet ihr wieder die Frau, die freundlich fragt: „Haben sie ihn nicht gefunden?" „Doch", antwortet diese. „Ich weiß wo er ist, ich habe nur den Kräuterkäse noch vergessen."
Sie läuft mit dem Käse zurück und legt ihn in den Wagen. ‚So, jetzt nur noch den Senf und die Zigeunersoße', denkt sie und macht sich ohne Wagen auf den Weg, weil die Gänge so voll sind. Am Regal angekommen nimmt sie noch eine weitere Sauce mit, weil auch diese im Angebot ist.

Als sie mit den Sachen im Arm wiederkommt, ist ihr Wagen verschwunden. Sie schaut sich um, zweifelt an sich. ‚Der war doch eben noch da, hier habe ich ihn doch hingestellt‘ überlegt sie. Sie schaut in jeden Gang, läuft bis zur Kasse. ‚Wo ist der Übeltäter? Den mach' ich zur Sau‘, geht es ihr durch den Kopf. Aber der Wagen bleibt verschwunden.

Ihr Mann kommt ihr entgegen mit drei Zeitschriften und einer Tube Zahnpasta. „Wo ist der Wagen, wo hast du ihn abgestellt?", fragt er. „Er ist weg, ich habe schon überall nachgeguckt", antwortet sie ärgerlich. „Ich schau auch noch mal nach", sagt er zu ihr und dann starten beide eine Suchaktion.

Sie ahnt schon, dass der Wagen wahrscheinlich unwiederbringlich verloren ist. Deshalb holt sie nochmals den Spinat und den Kräuterkäse aus den Fächern. Nach ein paar Minuten treffen sie sich wieder, aber – wie sie schon geahnt hat, ohne Wagen. „Dann hole ich eben einen Korb, …bleib du hier stehen", sagt sie zu ihm. „Und was machen wir mit den Brötchen?", ruft er ihr noch hinterher. „Hab' keine Lust neue auszusuchen, dann gibt's eben keine!", antwortet sie genervt und geht zum Eingang zurück.

Aber es gibt keine Körbe mehr, alle sind im Gebrauch. Auf dem Weg zurück zu ihm, stellt sie am Gemüsestand schon mal das zusätzliche Glas Jägersoße ab, das sie vorhin unter den Arm geklemmt hatte. Ihre schleppenden Arme braucht sie für die wichtigen Lebensmittel, die unbedingt mit müssen. Letztendlich soll ja auch alles heile bleiben. Hauptsache nichts fällt auf den Boden.
Mit den notwendigen Lebensmitteln im Arm gehen beide zu einem Wagen, der vollkommen leer ist und in einen der Gänge

steht. „Der stand da eben auch schon", resümiert er. „Ich weiß", antwortet sie und mutmaßt, das man ihre Sachen einfach irgendwo ins Regal gelegt hat.

Egal, sie legen ihre Sachen hinein und wollen gerade zur Kasse, als ihnen die nette, hilfsbereite Kundin vom Anfang entgegenkommt.

„Ich habe den Senf gefunden", sagt sie zu der netten Kundin. Dabei schweift ihr Blick in den vollen Einkaufswagen der Frau. Doch, was ist das, sie denkt, sie sieht nicht richtig. „Sieeee haben unseren Wagen, nach dem wir schon eine halbe Stunde suchen", schreit sie die verdutzte Kundin etwas ungehalten an. „Tut mir leid, tut mir leid, ich kann nichts dafür", antwortet diese.

Nach einer kurzen Pause fügt sie hinzu: „Jetzt brauchen wir den Wagen nicht mehr". Dabei fischt sie die Brötchentüten und die Sachen, die sie noch nicht wieder besorgt haben aus dem Wagen. „Den Spinat und den Käse können sie behalten, den haben wir schon" ruft sie der verdutzten Kundin zu, während sie, den Wagen nun fest im Griff, beide den Weg zur Kasse einnehmen.

„Das sind gar nicht alles meine Sachen; da muss ich erst mal schauen wo mein Wagen ist", ruft die Kundin ihnen von Weitem noch hinterher.

Beide bewegen sich aber schnurstracks zur Kasse und blicken nicht mehr zurück.

Nach dem Einkauf, als alles im Auto verstaut ist, stellt sich heraus, dass in diesem Einkaufswagen, der mutterseelenallein im Gang stand, gar kein Eurostück enthalten war. Somit hat die Kundin, denen sie ihren Wagen überlassen haben, auch noch ein kleines Geschäft gemacht – den einen Euro aus dem verwechselten Einkaufswagen.

„Umarmung"

Eine Umarmung ist eine mögliche Form der Zuwendung, so wie auch Küssen, Streicheln, Liebkosen, Verwöhnen usw.

Kennt man jemanden schon lange und mag ihn, dann umarmt man ihn unter Umständen auch irgendwann. Den Chef sicherlich nicht und auch nicht den Postboten, der täglich die Briefe zustellt. Sagen wir mal so, im Allgemeinen gibt es das spontane Umarmen nicht, es sei denn, jemand steht z. B. mit einem Koffer voller Geld vor meiner Tür und sagt, dies wäre meins. Dann könnte es passieren, dass ich demjenigen um den Hals fallen würde. Allerdings kann ich mir das nicht so recht vorstellen, denn so impulsiv wäre ich dann sicherlich auch nicht. Aber wer weiß – wie bei allem spielt die Sympathie und Antipathie eine große Rolle.
Gesetz den Fall, es handelt sich um Menschen, die man mag und man freut sich, diese wiederzusehen, dann hat man das Bedürfnis, sich zu umarmen.

Ich glaube, dass Frauen eher zu einer Umarmung neigen, sei es, dass sie jemanden umarmen oder selbst umarmt werden. Männer umarmen sicherlich nicht so häufig wie Frauen es tun. Männer geben Männern eher die Hand.

Und dann wäre da noch die Umarmung unter Liebenden. Sie drückt natürlich noch mehr aus: In erster Linie Zusammengehörigkeit – wir sind eins. Im weiteren Sinne dient die Umarmung aber auch einer Schutzhaltung – dir kann nichts passieren. Oder einer Trostspendung oder sie zeigt Besitzansprüche an. Sie kann unter Umständen zu Eifersucht, Neid oder Traurigkeit bei anderen führen, die diese Umarmung sehen.

Eine Umarmung läuft auf einer emotionalen Ebene ab. Sie ist vielschichtig. Sie ist nicht nur menschlich, sie gibt es auch im Tierreich.

Aber wie geht man damit um, wenn man umarmt wird und es eigentlich gar nicht will?
Wenn es so ist, weil alle es tun? Eine schwierige Frage, wie ich meine!
Bislang habe ich mich als Frau dann immer dieser Sitte unterworfen, die Umarmung aber recht schnell beendet.
Bei Menschen, die ich sehr mag oder sogar liebe, kann die Umarmung dann auch mal etwas länger ausfallen.
Ich habe den Eindruck, dass diese Geste der Zuwendung in den letzten Jahrzehnten offener geworden ist. Nicht nur in der Politik bedient man sich dieser Art der Zuwendung, die sich durch den Bruderkuss der Sowjets und den Wangenküssen der Franzosen zeigte, sondern eben auch verstärkt im Privatleben. Vielleicht hat die Globalisierung dazu beigetragen, dass die Umarmung mittlerweile ganz selbstverständlich unter Freunden ist. Denn ich kann mich daran erinnern, dass früher lediglich die enge Verwandtschaft gedrückt wurde. Selbst Freunden und Bekannten gab man eher die Hand.
Unter guten Freunden liebe ich dieses Drückerchen, aber manchmal führt es doch ein bisschen zu weit.

Die Umarmung ist also eine Art der Zuwendung, die neben der Liebe von immenser Bedeutung ist. Allerdings sollte sie nicht an Bedeutung verlieren und lediglich zum Ritual verkommen.

Wortspielereien

Erinnerungen 2

E	… bleiben.
R	… sind Elemente der Vergangenheit.
I	… sind subjektiv.
N	… sind positiv oder negativ behaftet.
N	… begleiten unseren Lebenslauf.
E	… lösen Empfindungen aus.
R	… bereiten möglicherweise Angst.
U	… geben eventuell Kraft und Zuversicht.
N	… machen uns handlungs(un)-fähig.
G	… bestimmen unser Leben.
E	… machen unsere Identität aus.
N	… entstehen in der Vergangenheit, beeinflussen die Gegenwart und wirken noch in der Zukunft.

Zungenbrecherragout

Komischer Koch Knut klopft Kreuzkröten klein.
Der dämliche Dieter dämpft diese.

Komischer Koch Knut köpft Kuh Klotilde.
Der dämliche Dieter dünstet diese.

Komischer Koch Knut keult k(q)uiekende Kaulk(q)uappen.
Der dämliche Dieter dörrt diese.

Komischer Koch Knut knackt knusprige Kürbiskerne.
Der dämliche Dieter datiert diese.

Komischer Koch Knut kaut Kaugummis kaputt.
Der dämliche Dieter drahtet diese.

Komischer Koch Knut kackt k(q)uadratische Kokoskugeln.
Der dämliche Dieter dekoriert diese.

Komischer Koch Knut klaut kernige K(C)rackkarotten.
Der dämliche Dieter dealt diese.

Komischer Koch Knut krault knuffige Krokodile.
Der dämliche Dieter dressiert diese.

Komischer Koch Knut knutscht kleine Köchin.
Der dämliche Dieter dackelt davon.

Die
Sonne geht
auf Der Teig
geht auf Die Rose
geht auf Der Zahn geht
aus Das Haar geht aus Das
Licht geht aus Die Bank geht bank
rott Der Muskelkater geht in die Beine
Die Bahn geht bergab Die Ziege geht bergauf
Die Seilbahn geht in Betrieb Das Ehepaar geht zu
Bett Der Alkohol geht ins Blut Der Boxer geht zu Boden
Der Selbstmörder geht über Bord Der Kapitän geht von Bord
Der Mann geht auf Brautschau Der Dicke geht in die Breite Die
Tasse geht zu Bruch Die Ehe geht in die Brüche Der Schauspieler geht
über die Bühne Der Choleriker geht an die Decke Der Soldat geht in Deck
ung Der Freund geht mit ihm durch dick und dünn Der Tag geht zu Ende Der
Arbeiter geht in die Fabrik Die Moral geht flöten Der Kuchen geht aus der Form
Der Mann geht fremd Der Nervige geht auf den Geist Der Luxus geht ins Geld D
as Mädchen geht an der Hand Das Geld geht durc   h die Händ
Das Pärchen geht Hand in Hand Der Tätowierer g   eht unter di
Haut Der Kopflose geht zum Henker Der Roman   tiker geht z
u Herzen Der Mörder geht zur Hölle Die Scheiße   geht in die
Hose Der Bettler geht vor die Hunde Der Bräutig   gam geht in
die Knie Die Gemeinheit geht auf keine Kuhhaut Die Zeit geht ins Land Das Reh
geht durch die   Lappen Der Bestatter geht über Leichen Der B
allon geht in di   Luft Die Liebe geht durch den Magen Die Uhr
geht nach Der   Nudist geht nackt Der Fisch geht ins Netz Der
Chirurg geht a   n die Nieren Die Musik geht ins Ohr Die Kart
offel geht von   der Pelle Der Unternehmer geht pleite Das Spi
el geht reihum   Der Tourist geht auf Reisen Der Mensch geht s
pazieren Der   Läufer geht an den Start Der Arbeitslose geht s
tempeln Der   Hinkende geht am Stock Der Demonstrant geht
auf die Straße   Der Mond geht unter Der Wähler geht zur Urn
e Die Unschul   d geht verloren Der Wurf geht in die Vollen D
er Mann geht i   hr an die Wäsche Der Maler geht zu Werke D
er Wanderer geht seinen Weg Die Tür geht zu Die Autorin geht zum Verleger Die

173

Alphabetisches Verzeichnis der Texte

Bildnachweis

Seite   17   Foto: Stefan Rohrmann-Kreinacke

Seite 127   Zeichnung: Sabine Kreinacke

Seite 161   Zeichnung: Heike Pruin

Seite 171   Zeichnung: Sabine Kreinacke

Titelbild: Foto: Stefan Rohrmann-Kreinacke

Ich danke allen, die mich bei diesem Buch unterstützt haben. Ein besonderer Dank geht an Heike Pruin, ohne die dieses Buch nicht erschienen wäre.